Terug naar huis

Wilt u op de hoogte worden gehouden van de romans en literaire thrillers van uitgeverij Signatuur? Meldt u zich dan aan voor de literaire nieuwsbrief via onze website www.uitgeverijsignatuur.nl.

Deborah Levy

Terug naar huis

Vertaald door Anne Jongeling

SIGNATUUR

2013

© Deborah Levy 2011
Oorspronkelijk verschenen bij And Other Stories Publishing
Oorspronkelijke titel: Swimming Home
Vertaald uit het Engels door Anne Jongeling
© 2013 Uitgeverij Signatuur, Utrecht en Anne Jongeling
Alle rechten voorbehouden.

Omslagontwerp: Wil Immink Design, naar een ontwerp van
Dan Mogford
Omslagbeeld: Aagamia/ Getty Images
Foto auteur: Sheila Burnett
Typografie: Pre Press Media Groep, Zeist
Druk- en bindwerk: Wilco, Amersfoort

ISBN 978 90 5672 477 1
NUR 302

Eerste druk, november 2013
Tweede druk, e-book, november 2013

MIX
Papier van
verantwoorde herkomst
FSC® C004472

Dit boek is gedrukt op papier dat het keurmerk van de Forest Stewardship Council (FSC®) mag dragen. Bij dit papier is het zeker dat de productie niet tot bosvernieti-ging heeft geleid. Een flink deel van de grondstof is afkomstig uit bossen en plantages die worden beheerd volgens de regels van FSC. Van het andere deel van de grondstof is vastgesteld dat hiervoor geen houtkap in de laatste resten waardevol bos heeft plaatsgevonden. Daarom mag dit papier het FSC Mixed Sources label dragen. Voor dit boek is het FSC-gecertificeerde Munkenprint gebruikt. Dit papier is 100% chloor- en zwavelvrij gebleekt en wordt geleverd door Arctic Paper Munkedals AB, Zweden.

Voor Sadie en Leila, zo dierbaar, altijd

In ieder gezin vertellen mannen, vrouwen en kinderen 's morgens wat ze hebben gedroomd *als ze niets beters te doen hebben.* We zijn allen aan de genade van de droom overgeleverd en het aan onszelf verplicht de kracht van de droom ook in wakende staat te ondergaan.

– *La Révolution surréaliste*, No. 1, december 1924

De Franse Rivièra

Juli 1994

Een bergweg. Middernacht.

Op het moment dat Kitty Finch haar handen van het stuur haalde en zei dat ze van hem hield, wist hij niet of hij dat als een dreigement of een mededeling moest opvatten. Haar zijden jurk gleed van haar schouder toen ze zich over het stuur boog. Er rende een konijntje over de weg en de auto maakte een slingerbeweging. Hij hoorde zichzelf zeggen: 'Waarom ga je niet met een rugzak naar de Pakistaanse papavervelden, zoals je van plan was?'

'Ja,' zei ze.

Hij rook benzine. Haar handen fladderden over het stuur als de zeemeeuwen die ze twee uur geleden vanuit hun kamer in Hotel Negresco hadden geteld.

Ze vroeg hem het raampje open te doen omdat ze wilde luisteren naar de insecten in het bos, die over en weer riepen. Hij draaide het raampje omlaag en vroeg haar, heel rustig, of ze haar ogen op de weg wilde houden.

'Ja,' herhaalde ze, deze keer met haar blik op de weg gericht. En toen vertelde ze hoe 'mild' de nachten aan de Franse Rivièra altijd waren. De dagen waren hard en roken naar geld.

Hij stak zijn hoofd uit het raam en voelde de koude berglucht in zijn lippen bijten. Waar nu een weg liep, was ooit een bos dat werd bewoond door oermensen. Mensen die wisten dat het verleden in de rotsen en in de bomen huisde en die wisten dat hun verlangens hen tot dwaze, idiote en verwarde daden dreven.

Intiem zijn met Kitty Finch had plezier, pijn, schok en experiment betekend, maar het was bovenal een vergissing gebleken. Hij vroeg haar opnieuw om hem alsjeblieft, alsjeblieft, alsjeblieft veilig naar huis te rijden, naar zijn vrouw en zijn dochter.

'Ja,' zei ze. 'Het leven is alleen de moeite waard omdat we hopen dat het beter wordt en we allemaal veilig thuiskomen.'

Zaterdag

Wildlife

Het zwembad dat bij de vakantievilla hoorde, leek meer op een poel dan op die azuurblauwe zwemparadijzen uit toeristische brochures. Een rechthoekige poel, uit de rotsen gehakt door een familie van Italiaanse steenhouwers uit Antibes. Het lichaam dreef in het diepe gedeelte, waar een rij naaldbomen een verkoelende schaduw wierp.

'Is dat een beer?' Joe Jacobs maakte een gebaar in de richting van het water. De zon brandde op zijn rug, dwars door het zijden overhemd dat hij door zijn Hindoestaanse kleermaker uit een baal pure zijde had laten maken. Het was juli en in deze hittegolf smolt zelfs het asfalt op de weg nog.

Zijn veertienjarige dochter Nina stond in haar bikini met kersjesprint op de rand van het zwembad. Angstig volgde ze de bewegingen van haar moeder. Isabel Jacobs trok de rits van haar spijkerbroek open alsof ze gewoon een duik wilde nemen. Tegelijkertijd zag ze Mitchell en Laura, vrienden van haar ouders met wie ze samen deze vakantievilla hadden gehuurd, hun beker thee neerzetten en naar de stenen trap in het ondiepe gedeelte van het zwembad lopen. De slanke Laura, bijna een reuzin met haar een meter negentig, trapte haar sandalen uit en waadde tot aan haar knieën in het water. De golfslag liet het vaalgele luchtbed tegen de bemoste kant botsen en verspreidde de bijen, die in verscheidene zieltogende stadia in het water dreven.

'Weet je al wat het is, Isabel?'

Nina zag vanaf de kant dat het een naakte vrouw was, die onder water zwom. De vrouw dreef op haar buik met haar armen wijd uitgestrekt als een zeester, haar lange haar als slierten zeewier om haar lichaam.

'Volgens Jozef is het een beer,' zei Isabel op de afstandelijke toon van een oorlogsverslaggever.

'Als het een beer is moet ik hem neerschieten.' Mitchell had onlangs twee antieke Perzische pistolen aangeschaft op de vlooienmarkt in Nice en hij dacht de hele tijd aan schieten.

Gisteren hadden ze het over een bijna honderd kilo wegende beer gehad; in de krant stond dat het bakbeest uit de heuvels rondom Los Angeles kwam en in het zwembad van een bekende acteur was geplonsd. Volgens de natuurbescherming in Los Angeles kwam het door de bronsttijd. De acteur had de instanties gebeld. De beer was neergeschoten met een verdovingspijltje en vervolgens in de nabijgelegen heuvels losgelaten. Joe Jacobs had zich hardop afgevraagd hoe het zou zijn om half verdoofd naar huis te moeten strompelen. Was de beer wel thuisgekomen? Was hij niet te duizelig en de kluts kwijt? Hadden die barbituraten in dat pijltje, die ze ook wel 'de chemische fuik' noemden, de beer hallucinaties bezorgd, waren zijn poten gaan trillen? Had het verdovingsmiddel de beer geholpen met stress om te gaan, had het zijn geagiteerde geest tot rust gebracht waardoor hij sindsdien bedelde om de middelen die met dat pijltje waren geïnjecteerd? Joe hield pas op met zijn litanie toen Mitchell op zijn voet ging staan. Wat Mitchell betrof was elk middel geoorloofd om die ellendige poëet, die bij zijn fans bekendstond als JHJ (voor ieder ander behalve zijn vrouw heette hij Joe), zijn waffel te laten houden.

Nina zag haar moeder in het troebelgroene water duiken en naar de vrouw toe zwemmen. Waarschijnlijk was ze het gewend om reddingspogingen te ondernemen als ze drenkelingen in rivieren zag drijven. Ze had gehoord dat de kijkcijfers omhoogschoten zodra haar moeder op tv kwam. Soms verdween ze naar Noord-Ierland of Libanon of Koeweit, en als ze terugkwam keek ze alsof ze een halfje melk op de hoek had gehaald. Isabel Jacobs had haar hand al uitgestoken naar de enkel van de onbekende in het zwembad, toen het wateroppervlak met hevig gespartel openbarstte. Nina sprong in haar vaders armen maar gilde pas toen hij haar roodverbrande schouder vastgreep. In haar paniek had Nina het hoofd dat naar boven kwam, met die mond wijd open en snakkend naar zuurstof, voor een brullende beer aangezien. Heel even maar.

De jonge vrouw met het kletsnatte haar tot op haar middel klom op de kant en rende van de ene stoel naar de andere. Ze was misschien begin twintig, het was moeilijk te zeggen omdat ze zo gejaagd naar haar jurk zocht die ergens op de tegels moest zijn gegleden. Niemand schoot haar te hulp want iedereen staarde naar haar naakte lichaam. Het was zo smoorheet dat Nina duizelig werd. Wolken van bitterzoete lavendelgeur omhulden en verstikten haar. Het gehijg van de vrouw vermengde zich met het gegons van de bijen boven de bloembedden. Misschien had ze wel een zonnesteek opgelopen, ze ging zo nog flauwvallen. Als door een waas zag ze dat de jonge vrouw opmerkelijk ronde, volle borsten had voor iemand die zo tenger gebouwd was. Haar lange dijbenen staken even soepel in haar heupgewrichten als de ledematen van de poppen die Nina als klein meisje alle kanten op boog. Het enige wat echt leek aan deze jonge vrouw was het goudglanzende driehoekje schaamhaar dat glinsterde in de zon. Nina sloeg haar armen over elkaar en kromde haar rug alsof ze zich onzichtbaar wilde maken.

'Je jurk ligt daar.' Joe Jacobs wees op het propje blauwe kreukelkatoen onder een van de ligstoelen. Ze stonden nu al zo lang naar haar te staren dat het gênant werd. De jonge vrouw pakte de jurk op en liet hem over haar lichaam glijden.

'Dank je. Trouwens, ik heet Kitty Finch.'

Wat ze eigenlijk zei was: 'Ik heet K-k-k' – ze stotterde en het duurde een eeuwigheid voor ze Kitty Finch volledig had uitgesproken. Iedereen voelde zich opgelaten.

Nina zag dat haar moeder nog in het zwembad was. Ze liep de stenen treden op bij het ondiepe gedeelte, haar natte badpak bedekt met groene naalden.

'Ik ben Isabel, aangenaam. Mijn man dacht dat je een beer was.'

Joe Jacobs probeerde zijn lachen in te houden. 'Welnee.'

Kitty Finch' ogen waren grijs, grijs als de getinte ramen van Mitchells geleasede Mercedes die hij op het kiezelpad voor de villa had neergezet.

'Jullie vinden het toch niet erg dat ik het zwembad

gebruik? Ik ben net aangekomen en het was zo heet. Kennelijk heeft iemand een fout gemaakt met de reserveringsdata.'

'Hoezo?' Laura keek naar de jonge vrouw alsof die haar net een parkeerboete had gegeven.

'Ik dacht dat ik hier vanaf zaterdag twee weken kon blijven. Maar de conciërge ...'

'Welke conciërge? Bedoel je Jurgen? Die blowende niksnut?' Voor Mitchell was het noemen van die naam al voldoende om hem een zweetaanval van ergernis te bezorgen.

'Ja, die. Jurgen zei dat ik de data door elkaar had gehaald en nu krijg ik mijn borg niet terug.'

Jurgen was een Duitse hippie die nooit ergens duidelijk over was. Hij noemde zichzelf een 'natuurmens' en zat constant met zijn neus in *Siddharta* van Herman Hesse.

Mitchell zwaaide met zijn vinger. 'Er zijn wel ergere dingen dan je borg kwijtraken. We hadden je bijna de heuvels ingedreven met een verdovingspijltje in je bil.'

Kitty Finch tilde een voet op en trok voorzichtig een doorntje uit haar hiel. Haar grijze ogen zochten die van Nina, die zich nog steeds achter haar vader verborgen hield. En toen glimlachte ze.

'Wat een leuke bikini.' Haar voortanden stonden een beetje scheef en nu haar haar opdroogde kwamen er koperkleurige krullen tevoorschijn. 'Hoe heet jij?'

'Nina.'

'Vind jij ook dat ik op een beer lijk, Nina?' Ze kromde haar vingers en klauwde door de lucht naar de wolkenloze blauwe hemel. Ze had groengelakte nagels.

Nina schudde haar hoofd, verslikte zich en begon te hoesten. Iedereen ging zitten. Mitchell nam de lelijke blauwe stoel omdat hij als dikste in het gezelschap de grootste stoel wilde, Laura nestelde zich op de roze rotan stoel en Isabel en Joe op de twee witte ligstoelen. Nina propte zich bij haar vader op het hoekje en friemelde aan de zilveren teenringen die ze die ochtend van Jurgen had gekregen. Iedereen had een zitplek in de schaduw, behalve Kitty Finch, die wat ongemakkelijk op de gloeiend hete tegels hurkte.

'Wacht, ik zal een stoel voor je halen.' Isabel wrong haar zwarte haar uit. Waterdruppels glansden op haar schouders en gleden als slangen over haar armen.

Kitty schudde haar hoofd. Ze bloosde. 'Ach, welnee. L-l-laat maar. Ik wacht even op Jurgen, straks geeft hij me de naam van een hotel en dan ga ik daarheen.'

'Maar je moet ondertussen wel ergens zitten.'

Laura keek peinzend naar Isabel die met veel moeite een zware houten stoel, die onder het stof en spinrag zat, over de tegels naar hen toe sleepte. Er stond van alles in de weg. Een rood mandje. Een gebroken plantpot. Twee parasols die in een cementen voet waren geperst. Niemand stak een hand uit omdat niemand wist wat ze van plan was. Ze bleek het houten gevaarte tussen de stoelen van haarzelf en Joe te willen schuiven. Intussen had ze kans gezien haar vochtige haar met een lelievormige speld op te steken.

Kitty keek nerveus van Isabel naar Joe en weer terug, alsof ze niet kon inschatten of ze een stoel kreeg aangeboden of dat ze gedwongen werd te gaan zitten. Ze veegde het spinrag opzij met de zoom van haar jurk; ze bleef een eeuwigheid vegen voor ze eindelijk ging zitten. Laura hield haar handen in haar schoot gevouwen alsof ze een sollicitant te woord stond.

'Ben je hier al eerder geweest?'

'Ja, ik kom hier al jaren.'

'Heb je werk?' Mitchell spuwde een olijfpit uit in een kommetje.

'Als je het zo wilt noemen. Ik ben botanicus.'

Joe had zich gesneden bij het scheren. Hij ging met zijn vinger over het wondje en glimlachte naar haar. 'Met jouw beroep kom je vast de gekste namen tegen, of niet?'

Hij deed opvallend aardig tegen haar, alsof hij aanvoelde dat ze gepikeerd was door de achterdochtige toon die Laura en Mitchell tegen haar aansloegen.

'O ja. Joe houdt van ei-gen-aar-di-ge woorden omdat hij gedichten schrijft.' Mitchell sprak het woord uit als een verdwaasde aristocraat.

Joe leunde achterover. 'Let maar niet op hem, Kitty.' Zo te horen had Mitchell een gevoelige snaar bij hem geraakt. 'Iedereen is "ei-gen-aar-dig" in Mitchells optiek. Gek genoeg geeft het hem een gevoel van superioriteit.'

Mitchell stopte achterelkaar vijf olijven in zijn mond en spuwde de pitten als mitrailleurvuur in Joe's richting. Kleine kogeltjes uit een van zijn kleine geweertjes.

'Kun je ons in de tussentijd' – Joe leunde nu naar voren – 'vertellen wat je weet van zaadlobben?'

'Ah.' Kitty knipoogde naar Nina toen ze 'ah' zei. 'Zaadlobben zijn de eerste blaadjes van een zaailing.' Ze zei het zonder te stotteren.

'Correct. En nu mijn favoriete term: hoe zou je een blad willen omschrijven?'

'Kitty,' zei Laura ferm, 'er zijn een heleboel hotels, dus je kunt maar beter een kamer gaan zoeken.'

Toen Jurgen ten langen leste door de poort kwam geslenterd, zijn zilvergrijze dreadlocks samengebonden in een staartje, zei hij dat alle hotels in het dorp tot donderdag waren volgeboekt.

'Dan moet je maar zolang hier blijven.' Isabel klonk verstrooid, alsof ze hem niet geloofde. 'Er is een gasten-verblijf aan de achterkant van het huis.'

Kitty fronste en liet zich tegen de rugleuning van haar stoel zinken.

'O, nou, bedankt. Ik hoop dat niemand bezwaar heeft? Anders moeten jullie het echt zeggen, hoor.'

Nina had het idee dat ze juist wilde dat iemand bezwaar maakte. Kitty Finch bloosde en kneep even haar tenen bij elkaar. Nina voelde haar hart als een razende tekeer-gaan. Het was bij het hysterische af, zoals het in haar ribbenkast hamerde. Ze wierp een steelse blik op Lau-ra, die warempel in haar handen zat te wringen. Laura stond op het punt tegen te sputteren. Zij en Mitchell hadden hun winkel in Euston gedurende het zomersei-zoen gesloten. De winkelramen waren dat jaar al drie keer ingegooid en Laura was ervan overtuigd dat die-ven en junks tijdens hun vakantie opnieuw zouden toeslaan. Ze waren naar de Côte d'Azur gegaan om te ontsnappen aan het zinloze ritueel van gebroken ruiten herstellen. Laura zocht naar de juiste woorden. Deze jonge vrouw was als een raam waar iemand doorheen zou klimmen. Een raam dat volgens haar al een beetje stuk was. Ze kon zich vergissen, maar ze meende dat Joe Jacobs al met één voet op het gat was gestapt, met medewerking van zijn eigen vrouw. Ze schraapte haar keel om haar bezwaar naar voren te brengen, maar wat ze op het hart had was zo onuitsprekelijk dat de hippieconciërge haar te snel af was.

'Zal ik je koffers naar je kamer brengen, Kitty Ket?'

Jurgen wees met een nicotinegele vinger naar de villa en iedereen keek mee. Rechts van de openslaande tuindeuren stonden twee blauwe reistassen.

'Ja, dank je, Jurgen.' Kitty maakte een handgebaar alsof hij haar persoonlijke kruier was.

Hij bukte zich om de tassen op te tillen.

'Wat is dat voor onkruid?' Hij hield een warrig kluitje planten omhoog dat uit een van de tassen stak.

'O, dat vond ik op het kerkhof naast het café van Claude.'

Jurgen leek onder de indruk.

'Je moet het een naam geven. De Kitty Ket-plant. Het is een historische vondst. Plantenzoekers geven vaak hun eigen naam aan gewassen die ze hebben gevonden.'

'Hm.' Ze staarde langs hem heen in de donkere ogen van Joe Jacobs, alsof ze wilde zeggen: 'Jurgens speciale naam voor mij is Kitty Ket.'

Isabel liep naar het zwembad en dook het water in. Met gestrekte armen bleef ze vlak onder het oppervlak drijven. Er lag een horloge op de bodem. Ze zwom ernaartoe en pakte het van de groene tegels op. Toen ze weer boven water kwam, zag ze hun bejaarde Engelse buurvrouw vanaf haar balkon zwaaien. Ze zwaaide terug, maar realiseerde zich toen dat Madeleine Sheridans begroeting voor Mitchell was bedoeld, die haar naam had geroepen.

De interpretatie van een glimlach

'Made-leeine!'

Degene die haar toeriep was de logge man die van wapens hield. Door de artritis kon Madeleine Sheridan maar met moeite haar arm opheffen en met twee vingers zijn groet beantwoorden. Haar lichaam was verworden tot een amalgaam van aftakelende ledematen. Tijdens haar studie medicijnen had ze geleerd dat een mensenhand zevenentwintig botjes telde, waaronder acht in de pols en vijf in de handpalm. Vingers hadden een schatkamer aan zenuwuiteinden, maar alleen al het opsteken van twee vingers was voor haar een hele krachttoer geworden.

Vanuit haar rieten stoel zag ze Jurgen de blauwe tassen van Kitty Finch naar binnen dragen. Over zes dagen was ze jarig en ze had hem er graag aan herinnerd, maar ze schaamde zich om ten overstaan van de Engelse toeristen zo duidelijk te laten merken dat ze behoefte had aan zijn gezelschap. Of was ze al overleden en had ze het drama van de aankomst van dat jonge meisje vanaf gene zijde gadegeslagen? Vier maanden geleden, in maart, had Kitty Finch alleen in de vakantievilla gezeten (kennelijk om bergplanten te bestuderen) en Madeleine Sheridan de tip gegeven dat haar tomatenplanten een sterkere stengel zouden krijgen als de wind er beter bij kon. Ze had aangeboden wat bladeren weg te halen. Maar tijdens dat klusje had Kitty aan één stuk door gemurmeld, pahpahpah, kahkahkah, medeklinkers die hard van haar lippen schoten. Madeleine Sheridan vond dat mensen pas na flinke ontberingen hun verstand mochten verliezen en ze had haar op kille toon geboden daarmee op te houden, en wel onmiddellijk. Meteen. Vandaag was het zaterdag en het geluid was naar Frankrijk teruggekomen om haar zenuwen op de proef te stellen. Het had zelfs een kamer in de villa aangeboden gekregen.

'Made-leeine, heb je zin om te komen eten? Er staat vanavond rundvlees op het menu.'

Ze kon nog net het kapje van Mitchells kalende schedel zien. Ze kneep haar ogen dicht tegen de zon. Madeleine Sheridan was dol op rundvlees en ze voelde zich 's avonds vaak eenzaam. Niettemin vroeg ze zich af of ze de moed had de uitnodiging af te slaan. Ze dacht van wel. Als stelletjes aan daklozen of alleenstaanden onderdak boden of ze te eten uitnodigden, was dat nooit omdat ze het oprecht meenden. Ze speelden met hun gasten. Voerden een toneelstukje op. En als ze er genoeg van hadden, boorden ze een heel arsenaal van hints aan om hun ontredderde invité op te laten hoepelen. Stelletjes wilden elkaar aan stukken scheuren onder het mom het beste met elkaar voor te hebben. Dat was hun levenstaak, een gast was hooguit een tijdelijke bliksemafleider.

'Made-leeine!'

Mitchell leek nog meer gespannen dan normaal. Gisteren beweerde hij Keith Richards te hebben gezien, die een colaatje dronk in Villefranche-sur-Mer, en hij had hem dolgraag om zijn handtekening willen vragen. Uiteindelijk had hij het niet gedaan omdat 'ik die ellendige poëet bij me had die dreigde hem een kopstoot te geven omdat ik iets normaals deed' zoals Mitchell het uitlegde.

Het gemopper van Mitchell, met zijn mollige garnaalroze armen, dat Joe Jacobs niet het soort dichter was dat als een spierloos weekdier naar de maneschijn zat te gluren, werkte op haar lachspieren. Hij kon waarschijnlijk een buffetkast heffen met zijn tanden. Vooral als er een mooie meid in zat. Toen de Engelse vakantiegangers twee weken geleden arriveerden, had Joe Jacobs (zijn auteursnaam was JHJ, ze had nog nooit van hem gehoord) bij haar aangeklopt voor een kopje zout. Het was de heetste dag van het jaar, maar hij was piekfijn in het pak gestoken. Zij vroeg waarom, en hij legde uit dat het de verjaardag van zijn zusje was en dat hij zich op die dag bij wijze van eerbetoon altijd zo netjes kleedde.

Ze reageerde verbijsterd, omdat ze heel erg met haar eigen verjaardag bezig was. Hij was eerder gekleed voor een begrafenis, maar hij was zo charmant en attent dat ze hem een kopje eigengemaakte, Andalusische amandelsoep aanbood. Toen hij mompelend instemde, 'wat aardig van u', schepte ze een van haar favoriete aardewerken soepkommen vol en liet hem plaatsnemen op een stoel op haar balkon. Op dat moment sloeg het noodlot toe. Hij proefde van de soep, voelde dat er iets tussen zijn tanden bleef haken en ontdekte dat het haren waren. Een klein dotje zilvergrijs haar dat in de soepkom terecht was gekomen. Hij ging door het lint, ook al zei ze wel tien keer sorry en dat ze geen idee had hoe dat had kunnen gebeuren. Maar zijn handen beefden van ontsteltenis – ze begreep er niets van – en hij schoof de soepkom zo hard over tafel dat hij een flinke scheut op zijn bespottelijke krijtstreeppak morste, met die wufte knalroze voering. Ze had van een dichter wel een andere reactie verwacht. Een versregel als: 'Uw soep is als het drinken van een wolk'.

'Made-leeeine!'

Mitchell kon haar naam niet eens goed uitspreken. Vast omdat hij zelf zo'n belachelijke naam had. Hij was ongetwijfeld in paniek dat hij met Kitty Finch onder één dak moest leven, en ze kon hem geen ongelijk geven. Ze kneep haar ogen samen en keek vergenoegd naar haar ruwe voeten. Heerlijk om geen sokken of schoenen aan te hoeven. Het was alweer vijftien jaar geleden dat ze haar rottige geboorteland en moedertaal was ontvlucht, en het lopen op blote voeten beschouwde ze nog altijd als de grootste zegen van haar migratie. Ze hoefde Mitchells rundvlees niet, hoe mals het ook zou zijn. Ze zou wel gek zijn om een hele avond met Kitty Finch door te brengen, die nog altijd deed alsof ze haar niet had gezien. Madeleine zag dat ze samen met Nina heel ijverig dennentakken uit het zwembad viste. Geen sprake van dat Madeleine Sheridan, die over zes dagen tachtig werd, de rol van waardige oude dame ging spelen aan de dinertafel in de vakantievilla. De tafel die Jurgen op de vlooienmarkt had gekocht en daarna door hem was gepolijst en in de boenwas gezet. In zijn onderbroek nog wel, omdat het zo heet was. Ze had telkens haar ogen moeten afwenden van zijn bezwete lichaam en wat ze zedig als 'onderkleding' omschreef.

Hoog in de lucht cirkelde een adelaar. Hij had een muis gezien die door het ongemaaide gras in de boomgaard trippelde.

Ze riep naar Mitchell dat ze verhinderd was. Hij scheen haar niet te horen. Hij keek Joe Jacobs na die in de villa verdween om een hoed te halen. Kennelijk nam Kitty Finch de Engelse dichter mee voor een wandeling en zou ze hem een paar bloemen laten zien. Madeleine Sheridan wist het niet zeker, maar ze meende dat het dwaze meisje, met haar aureool van rood haar dat glansde in de zon, naar haar lachte.

Om in het jargon van Isabel Jacobs te blijven, want Madeleine wist dat ze oorlogscorrespondente was, zou je kunnen stellen dat Kitty Finch haar met vijandige intenties toelachte.

De botanische les

Overal hingen borden dat de boomgaard op privéterrein was, maar Kitty hield vol dat ze de eigenaar kende en dat die echt geen honden op hen af zou sturen. De afgelopen twintig minuten had ze de ene na de andere boom aangewezen die het volgens haar 'niet al te best deed'.

'Zie je alleen maar zieke bomen of hoe zit het?' Joe Jacobs schermde zijn ogen af tegen de zon. Zijn handen zaten onder de muggenbeten. Hij keek in haar heldere grijze ogen.

'Eh, ja.'

Hij wist zeker dat hij verderop in het gras gegrom hoorde en vond dat het verdacht veel op hondengegrom leek.

'Maak je geen zorgen. De eigenaar heeft een olijfboomgaard in Grasse met zo'n tweeduizend bomen. Hij heeft wat anders aan zijn hoofd dan zijn honden op ons af te sturen.'

'Hm, dat zijn wel veel bomen, ja,' mompelde Joe half overtuigd.

Zijn zwarte haar, waar de eerste grijze krullen in waren gekomen, hing warrig over zijn oren en zijn rafelige strohoed glipte steeds van zijn hoofd. Kitty had hem al een paar keer van de grond geraapt.

'Nou, tweeduizend bomen is op zich niet zo heel veel.'

Ze bukte zich voor de wilde bloemen die tussen de kniehoge bleke grassen bloeiden.

'Kijk eens, de *Bellis perennis*.' Ze plukte een paar witte blaadjes af van bloemen die op madeliefjes leken en stopte ze in haar mond. 'Planten behoren altijd tot bepaalde families.' Ze begroef haar gezicht in het vers geplukte tuiltje en somde de Latijnse namen op. Het ontroerde hem, de tederheid waarmee ze de bloemen vasthield en het gemak waarmee ze hun sterke en kwetsbare eigenschappen wist op te noemen. Het was net alsof ze het over een echte familie had, met wie ze heel hecht was. En toen vertelde ze dat ze het liefst naar Pakistan zou willen reizen om met eigen ogen de papavervelden te aanschouwen.

'Ik heb er zelfs een gedicht over geschreven,' bekende ze na enige aarzeling.

Joe bleef stilstaan. Dus dat was de reden van haar aanwezigheid.

Als jonge vrouwen hem benaderden met de vraag of hij hun werk wilde lezen – en Joe wist zeker dat dit meisje in die categorie viel – begonnen ze eerst over die ene onvoorstelbare ervaring waar ze een gedicht over hadden geschreven. Ze liepen een poosje zwijgend naast elkaar door het hoge gras dat knakte onder hun voeten. Hij verwachtte dat ze het woord zou nemen, dat ze haar vraag zou voorleggen, hem zou vertellen hoe enorm ze door zijn poëzie was gegrepen, hoe ze hem had weten op te sporen, gevolgd door de vraag of hij haar alsjeblieft – Vond hij het niet erg? Had hij tijd – het plezier wilde doen haar gedichtje te lezen dat door hem geïnspireerd was.

'Oké. Dus je hebt mijn boeken gelezen en besloten me naar Frankrijk te achtervolgen,' zei hij kortaf.

Een dieprode blos kroop vanuit haar hals omhoog en verspreidde zich over haar gezicht.

'Ja. Rita Dwighter, de eigenares van de villa, is bevriend met mijn moeder. Rita heeft me verteld dat jullie het huis voor de hele zomer hadden gehuurd. In het laagseizoen mag ik er altijd gratis zitten. Maar ik kon niet blijven omdat jullie het hadden g-g-g-gesnaaid.'

'Het is geen laagseizoen, Kitty. De maand juli is hoogseizoen. Hm?'

Haar accent was afkomstig van het noordelijke deel van Londen. Haar voortanden stonden een beetje scheef. Als ze niet stotterde en bloosde, had ze voor een wassen beeld uit een donker Venetiaans atelier kunnen doorgaan. Voor een botanicus bracht ze blijkbaar weinig tijd in de buitenlucht door. Degene die haar had vervaardigd wist van wanten. Ze kon zwemmen en huilen en blozen en gebruikte woorden als 'snaaien'.

'Kom, we zoeken een plekje in de schaduw.'

Hij wees naar een hoge boom met kleine rotsen eromheen. Een plompe bruine duif zat heel grappig op een doorgebogen twijgje dat elk moment onder zijn gewicht kon bezwijken.

'Goed. Trouwens, dat is een h-h-h-hazelnootboom.'

Hij was er al naartoe gelopen voor ze was uitgesproken en liet zich op de grond zakken, met zijn rug tegen de stam. Toen ze aarzelend bleef staan, klopte hij uitnodigend naast zich op de grond en veegde wat kleine takjes en bladeren opzij. Ze ging zitten, met haar verschoten blauwe jurk over haar knieën getrokken. Haar hart, dat klopte onder de dunne stof, kon hij niet horen, maar wel voelen.

'Ik denk altijd dat ik de poëzie kan horen als ik schrijf.'

In de verte klingelde een bel. Het klonk alsof er ergens in de boomgaard een geit aan het grazen was, sjokkend door het hoge gras.

'Je zit te trillen.' Hij rook de chloor in haar haren.

'Dat kan. Ik slik geen pillen meer en dan worden mijn handen altijd een beetje beverig.'

Kitty schoof een stukje naar hem toe. Hij wist niet zo goed wat hij daarvan moest denken, totdat hij de rij met rode mieren naast haar kuiten zag.

'Waarom slik je die?'

'Ik heb besloten er een poosje mee te stoppen. Het is ... best wel prettig om je ook weer eens ellendig te voelen. Als ik die dingen slik, voel ik helemaal niets meer.'

Ze tikte een paar mieren weg die over haar enkels kropen.

'Daar heb ik ook over geschreven. Dat gedicht heet "Rozen plukken op seroxat".'

Joe trok een lapje groene zijde uit zijn zak en snoot zijn neus. 'Wat is dat, seroxat?'

'Dat weet je best.'

Hij hield zijn neus verstopt in de groene zijde.

'Vertel het toch maar,' mompelde hij gesmoord.

'Seroxat is een heel sterk antidepressivum. Ik gebruik het al jaren.'

Kitty keek naar het punt waar het zwerk tegen het gebergte botste. Hij stak zijn hand uit, nam haar koude bevende hand in de zijne en hield die stevig vast. Ze was terecht gepikeerd vanwege zijn vraag. Dat hij haar hand vasthield, was een zwijgzame erkenning dat ze hem doorhad; had hij zijn lezers niet uitgebreid verteld over de medicijnen die hij in zijn tienerjaren gebruikte? Op zijn vijftiende had hij met een mes zijn pols geschampt. Niets ernstigs, het was eigenlijk een soort experiment geweest. Het lemmet had koud en scherp aangevoeld. Zijn pols zacht en warm. Die twee hadden elkaar nooit mogen raken, maar het was alsof hij bij het pokeren een paar kreeg toebedeeld en had gebluft. Zijn arts, een Hongaar op leeftijd met toefjes haar uit zijn oren, kon zich niet vinden in die ludieke uitleg van zijn huis-tuin-en-keukenongelukje en was vragen gaan stellen. De Hongaarse dokter wilde zijn hele doopceel lichten. Namen, rugnummers, data. Hoe heette zijn moeder, zijn vader, zijn zus? Welke talen spraken ze en hoe oud was hij toen hij hen voor het laatst had gezien? Joe Jacobs antwoordde door flauw te vallen in de consultatieruimte en sindsdien was zijn tienertijd ondergedompeld in een seizoenloze roes van farmaceutische nevelen. Of, zoals hij had geopperd in zijn bekendste gedicht, inmiddels vertaald in drieëntwintig talen: een slechte fee heeft het met me op een akkoordje gegooid, 'geef me je verleden in ruil voor iets om het te laten verdwijnen'.

Hij wierp haar een zijdelingse blik toe. Haar blos was weg en haar wangen waren nat.

'Waarom huil je?'

'O, zomaar.' Ze klonk effen.

'Ik ben blij dat ik me de kosten van een hotel kan besparen. Ik had nooit verwacht dat je vrouw me onderdak zou aanbieden.'

Drie zwarte vliegen streken neer op zijn voorhoofd, maar hij liet haar hand niet los om ze te verjagen. Hij gaf haar het lapje zijde dat hij als zakdoek gebruikte.

'Hier, veeg je schoon.'

'Ik hoef je zakdoek niet.' Ze mikte het lapje terug in

zijn schoot. 'En ik heb een hekel aan mensen die zeggen "veeg je schoon". Alsof ik een vuile vloer ben!'

Dat klonk ook als een vers uit zijn eigen gedicht, maar hij wist het niet zeker. Niet woordelijk, maar het kwam in de buurt. Hij zag een schram op haar enkel, vermoedelijk op de plek waar zijn vrouw haar in het zwembad had willen vastpakken.

De geit kwam dichterbij. Bij elke stap klingelde de bel om zijn nek. Als de geit stilstond, hield het geklingel op. Hij werd er ongedurig van. Hij plukte een groen sprinkhaantje van zijn schouder en zette het op haar geopende handpalm.

'Je vroeg of ik iets van je wilde lezen, toch?'

'Ja. Eén gedichtje maar.' Alweer die effen toon. Ze gaf de sprinkhaan zijn vrijheid terug en keek hem na toen hij over de grashalmen weg hupte. 'Eigenlijk is het een dialoog, met jou.'

Joe raapte een twijgje op dat uit de boom was gevallen. De bruine duif boven zijn hoofd vertrouwde blijkbaar nog steeds op zijn goede gesternte. De vogel kon een veel steviger tak nemen, maar bleef stug op deze zitten. Hij zei dat hij haar gedicht diezelfde avond zou lezen en verwachtte een bedankje.

Hij wachtte. Op haar bedankje. Voor zijn kostbare tijd. Voor zijn aandacht. Voor zijn genereuze gebaar. Dat hij haar tegen Mitchell in bescherming had genomen. Voor zijn gezelschap en zijn woorden, de poëzie waardoor ze hem min of meer was gaan stalken op zijn vakantie. Maar haar bedankje bleef uit.

'Trouwens' – hij staarde naar de vermorzelde mieren op haar bleke schenen – 'dat je medicijnen neemt en zo ... blijft tussen ons.'

Ze schokschouderde. 'Jurgen weet het al, dokter Sheridan ook, en iedereen in het dorp. Bovendien ben ik ervanaf.'

'Ik wist niet dat Madeleine Sheridan arts was.'

'Ja.' Ze kneep haar tenen tegen elkaar. 'Ze heeft vrienden die in een kliniek in Grasse werken, dus je kunt maar beter doen alsof je supernormaal en zielsgelukkig bent.'

Hij schoot in de lach en om hem nog harder te laten lachen, zodat het net was alsof hij echt gelukkig was en ze supernormaal was, verzekerde ze hem dat Jurgen niets, HELEMAAL NIETS, geheimhield. 'Hij is een kletskous en kletskousen zweren dat ze hun lippen stijf op elkaar houden. Alsof zoiets bij Jurgen mogelijk is. Er bungelt altijd wel een joint in zijn mondhoek.'

Joe Jacobs besefte dat hij door moest vragen. Net als zijn beroemde mediavrouw. Het hoe en het waarom en het wie en het waar, en alle andere vragen die het leven coherent zouden moeten maken. Ze had op weg naar de boomgaard al een flintertje informatie prijsgegeven. Vroeger was ze hovenier in Hackney, waar ze het gazon bijhield en dode bladeren opruimde in Victoria Park. Een stel jongens had haar met een mes bedreigd, omdat ze vanwege de medicijnen knikkende knieën had en een makkelijke prooi vormde.

Alweer dat geklingel.

'Wat is dat toch?' vroeg Kitty en ze tuurde over het lange gras.

Joe zag dat haar wervelkolom zich onder de stof van haar jurk aftekende. Toen zijn hoed nogmaals viel, raapte ze hem weer op en veegde hem schoon met haar groengelakte nagels.

31

'Hola!'

Kitty riep 'hola!' omdat het hoge gras begon te wuiven en er iets van roze en zilver doorheen schemerde. Het kwam op hen af. Iemand baande zich een weg door het gras, en toen het uiteenweek zagen ze Nina staan, in haar kersenbikini en op blote voeten. Ze had Jurgens cadeautje om haar tenen, de zilveren ringen uit India waar kleine belletjes aan hingen.

'Ik was naar je op zoek.' Ze staarde naar haar vader, die Kitty Finch' hand in de zijne hield. 'Mama is naar Nice. Ze had gezegd dat ze naar de schoenmaker moest.'

Kitty keek op het horloge dat ze om haar smalle pols droeg.

'De schoenmakers in Nice zijn op dit uur van de dag gesloten.'

Een drietal grommende honden sprong uit het gras tevoorschijn en cirkelde om hen heen, even later gevolgd door de boer, die tegen de zwetende Engelse dichter zei dat hij zich op privéterrein bevond, waarop het beeldschone Engelse meisje de sjaal van haar hoed trok en aan de fronsende dichter gaf.

'Hier, veeg jezelf schoon,' zei ze, en ze vroeg de boer in het Frans om zijn honden bij zich te houden.

Terug in hun vakantievilla liep Joe tussen de cipressen door naar de tuin. Twee weken geleden had hij daar een tafel en stoel neergezet om er te kunnen schrijven, een plekje dat hij 'zijn werkkamer' noemde. Niemand mocht hem daar storen, ook niet als hij op zijn stoel in slaap was gevallen. Door het gebladerte heen zag hij Laura op de verbleekte rotan stoel bij het zwembad zitten. Mitchell bracht haar een schaal aardbeien.

Knikkebollend staarde hij naar het echtpaar dat in de zonneschijn de schaal aardbeien verschalkte. Hij voelde zich wegglijden. Wat klonk dat eigenaardig, zichzelf voelen 'wegglijden'. Alsof hij ergens in kon glijden. Dat ergens moest dan maar een plekje zijn waar het goed toeven was, zonder enige kwelling of dreiging; aan de eettafel met zijn gezin onder de schaduw van een boom; fotograferend vanuit een gondel in Venetië; in een lege bioscoop waar een film draaide, blikje bier in de hand. Om middernacht in een auto op een bergweg nadat hij net met Kitty Finch naar bed was geweest.

Een bergweg. Middernacht.

Het begon te schemeren en ze zei dat de remmen van de auto mankementen vertoonden, ze zag niks meer, geen hand voor ogen.

Haar zijden jurk gleed van haar schouder toen ze naar voren leunde. Een konijn schoot over de weg en de auto begon te slingeren. Hij zei dat ze haar blik op de weg moest houden, niets anders dan dat, en terwijl hij dat zei kuste ze hem en hield ondertussen haar voet op het gaspedaal. En toen vroeg ze of hij het raam open wilde doen zodat ze de insecten in het bos over en weer kon horen roepen. Hij draaide het raam omlaag en herhaalde dat ze haar blik op de weg moest houden. Hij stak zijn hoofd naar buiten en voelde de koude berglucht in zijn lippen bijten. Ooit woonden er oermensen in dit bos op de berg. Ze wisten dat het verleden in het gesteente en in de bomen leefde en ze wisten dat verlangens hen tot dwaze, idiote, mysterieuze, domme daden dreven.

'Ja,' zei Kitty Finch met haar blik strak op de weg. 'Ik weet wat je denkt. Het leven is alleen de moeite waard omdat we hopen dat het beter wordt en we altijd veilig thuiskomen. Maar jij hebt het geprobeerd en jij bent niet veilig thuisgekomen. Je kwam helemaal niet thuis. Daarom ben ik hier, Jozef. Ik ben naar Frankrijk gekomen om jou voor je eigen gedachten te behoeden.'

Imitaties van het leven

Isabel Jacobs wist niet waarom ze had gelogen dat ze naar de schoenmaker moest. Alweer iets waaraan ze twijfelde. Sinds Kitty Finch bij hen was, hield ze zich staande door zich voor te doen als degene die ze ooit was, maar wie dat was, wie zij ooit geweest was, leek niet langer iemand die de moeite van het imiteren waard was. De wereld was een mysterie geworden. Zijzelf ook. Ze wist niet meer wat ze voelde, hoe ze voelde en waarom ze een volslagen vreemde onderdak had aangeboden. Tegen de tijd dat ze de berg was afgereden, muntgeld voor de tolweg had gevonden, verdwaald raakte in Vence en zich in het drukke verkeer op de kustweg naar Nice had willen wurmen, werd ze door andere weggebruikers met woeste gebaren bestookt, ze toeterden en scholden haar door hun geopende raampjes uit. Op hun achterbanken zaten getrimde schoothondjes spottend naar haar te kijken, alsof zij ook een hekel hadden aan mensen die zelfs moeite hadden met eenrichtingsverkeer.

Ze parkeerde aan de overkant van het strand dat Opéra Plage heette en liep in de richting van Hotel Negresco met zijn roze koepel, dat ze herkende van de plattegrond die aan het mapje 'handleiding' van hun vakantievilla was vastgeniet. In de handleiding stond veel informatie over Negresco: het oudste hotel uit de belle époque op de Promenade des Anglais, gebouwd in 1912 door Henru Negresco, een Hongaarse immigrant die het speciaal had ontworpen om de 'crème de la crème' naar Nice te lokken.

Er stond een stevig windje op de twee rijbanen die tussen haar en het hotel liepen. De vervuilde stadslucht rook zoveel beter dan de zuivere maar snijdende berglucht, waar haar zorgen alleen maar scherper van leken te worden. Hier in Nice, op vier na de grootste stad van Frankrijk, kon ze opgaan in de menigte vakantiegangers en hoefde ze niets anders te doen dan klagen over de kosten van een zonnestoel aan de Rivièra.

Ze werd aangeklampt door een vrouw met een stug, hennarood permanentje die de weg naar de Rue François Aune vroeg. Er zaten klodders opgedroogde zonnebrandcrème op haar enorme brillenglazen. De vrouw sprak Engels met een accent; Russisch, meende Isabel. Met haar beringde vingers wees de vrouw naar een monteur in een besmeurde blauwe overall, die aan een motorfiets zat te sleutelen. Kennelijk wilde ze dat Isabel hem de weg zou vragen. Eerst kon Isabel de vrouw niet volgen, toen realiseerde ze zich dat de vrouw blind was en dat ze moest hebben gehoord dat de monteur de motor testte.

Isabel knielde naast hem neer en duwde hem het adrespapiertje van de vrouw onder zijn neus. Hij wees naar een appartementencomplex aan de overkant van de straat.

'U bent er al.'

Isabel pakte de vrouw bij haar arm en hielp haar door het toegangshek naar het deftige gebouw. De luiken hadden net een nieuw verfje gekregen. In de gemeenschappelijke tuin stonden drie sproeiers op de keurige rij palmbomen gericht.

'Maar ik wil naar de haven, mevrouw. Ik zoek dokter Ortega.'

De blinde Russische vrouw klonk verontwaardigd, alsof Isabel haar tegen haar wil naar de verkeerde plek had gebracht. Isabel keek op de bronzen naamplaatjes naast de deur en las ze hardop: 'Perez, Orsi, Bergel, dokter Ortega.' Daar was hij. In tegenstelling tot wat de vrouw dacht, woonde hij hier wel degelijk.

Ze drukte bij dokter Ortega op de bel en negeerde de Russin, die koortsachtig haar krokodillenleren tas doorzocht tot ze een zakwoordenboekje had gevonden.

Er klonk een stem door de glimmend gepoetste koperen intercom. Een zachte stem met een Spaans accent vroeg in het Frans wie er aan had gebeld.

'Ik ben Isabel. Uw afspraak wacht hier beneden op u.'

Ze werd overstemd door een politiesirene en herhaalde haar boodschap.

'Uw naam was Isabel, zei u?' Het was een heel normale vraag. Toch voelde ze zich opgelaten, alsof ze zich had voorgedaan als iemand anders.

Het hek werd met een jengelend zoemgeluid ontsloten en ze duwde tegen de glazen deur in de zware, donkere sponning, die op de hal uitkwam. De Russische vrouw met de besmeurde bril weigerde naar binnen te gaan en bleef volhouden dat ze naar de haven wilde.

'Bent u daar nog, Isabel?'

Kon die dokter niet gewoon naar beneden komen?

'Kunt u misschien uw patiënt zelf ophalen?' Ze hoorde hem lachen.

'*Señora, soy doctor en filosofía*. Ze is geen patiënt, ze is mijn student.' Hij lachte nogmaals. De diepe, rommelende lach van een roker. Ze hoorde hem iets zeggen door de intercom en ging dichterbij staan.

'Mijn student wil naar de haven omdat ze terug wil

naar Sint-Petersburg. Ze heeft geen zin in haar Spaanse lessen en daarom gelooft ze niet dat ze hier is. *Ella no quiere estar aqúi.'*

Hij maakte grapjes en hij flirtte, hij had de tijd om zijn cryptische raadseltjes via het veilige intercomsysteem te spuien. Ze wilde dat ze iets van zijn onbevangenheid had, om in het wilde weg grapjes te maken en spelletjes te spelen met wat er op haar pad kwam. Wat had haar hiernaartoe geleid? Wat was ze aan het doen? Ze was bezig Jozef te ontvluchten. Alweer. Tot haar ergernis voelde ze tranen opkomen bij die gedachte. Nee, niet weer, niet nog een keer, Jozef. Ze draaide zich om en liet de Russische vrouw, die koppig bleef mompelen dat ze op de verkeerde plek was en beslist naar de haven moest, naar de leuning van de marmeren trap tasten.

De hemel was donkerder geworden en ze kon ruiken dat de zee vlakbij was. Meeuwen vlogen krijsend rondjes boven haar hoofd. De weeë gistlucht van de *boulangerie* aan de overkant dreef over de rij geparkeerde auto's. Gezinnen keerden terug van het strand met opblaasballen en klapstoelen en kleurige handdoeken. Opeens stond de boulangerie vol jonge knullen die stukken pizza wilden. Aan de overkant van de straat liet de monteur triomfantelijk de motor ronken. Ze kon het nog niet opbrengen om nu al naar huis te gaan, waar ze een imitatie moest geven van degene die ze ooit was. Liever maakte ze een wandeling over de Promenade des Anglais. Toen ze voor haar gevoel een uur had gelopen, streek ze neer bij een van de nieuwe strandpaviljoens die vlak bij de luchthaven waren verrezen. De vertrekkende vliegtuigen vlogen laag over de donkere zee. Een groepje studenten stond bier te drinken bij de helling die bezaaid was met kiezelstenen. Ze waren zelfverzekerd, ze flirtten, ze waren luidruchtig – ze genoten volop van een zomerse avond op het strand. Hun leven was net begonnen, met een waterval aan nieuwe dingen. Nieuwe banen. Nieuwe ideeën. Nieuwe vrienden. Nieuwe liefdes. Zij was al halverwege haar leven, ze was bijna vijftig en had ontelbare massaslachtingen en oorlogen meegemaakt vanwege haar beroep dat haar boven op een wereld vol leed had gedrukt. Ze hadden haar niet in Rwanda gestationeerd om de genocide te verslaan, zoals twee collega's, die er totaal ontredderd uit terugkeerden. De schaal waarop mensen werden vermoord was niet te bevatten, hadden ze gezegd, terwijl ze met glazige blik de glazige blik van de verweesde kinderen opnamen. Uitgemergelde honden die noodgedwongen mensenvlees waren gaan eten. Er liepen honden rond die menselijke resten in hun bek hadden. Maar ook zonder de gruwel van Rwanda met eigen ogen te zien, had ze al te veel ellende meegemaakt om een nieuwe start te kunnen maken. Als ze de keus had om alles uit haar hoofd te zetten waarvan ze zogenaamd wijzer had moeten worden, zou ze dat zonder meer doen. Onwetend en vol hoop zou ze opnieuw trouwen en een kind krijgen en op deze avond met haar knappe jonge echtgenoot bier drinken op het strand. Ze zouden bevlogen beginnelingen zijn en elkaar kussen onder de flonkerende sterrenhemel. Mooier kon een leven niet zijn.

Een uitgebreid gezelschap van vrouwen en kinderen, duidelijk bloedverwanten, schoof drie tafels tegen elkaar aan. Ze hadden allemaal dezelfde sprietige bruine haren en hoge jukbeenderen en bestelden sorbets in grote glazen. De ober stak de sterretjes aan waarmee hij hun ingenieus geconstrueerde ijstorens had versierd en iedereen riep o en a en applaudisseerde luid. Ze had het koud in haar halterjurkje, dat te bloot was voor deze tijd op de avond. De moeders die hun kinderen lepels vol ijs voerden, vroegen zich af wat die vrouw met veel te blote schouders daar zat te mijmeren. Het scheen hen te ergeren dat ze in haar eentje was, net als de ober. Ze had hem tweemaal moeten zeggen dat ze verder niemand verwachtte. Toen hij haar espresso met een klap voor haar neerzette op haar tafeltje dat voor twee was gedekt, golfde de helft over de rand op het schoteltje.

Ze keek naar de branding die op de kiezelstrook beukte. De zee ontfermde zich over de plastic tassen die op het strand waren achtergelaten. Terwijl ze zo lang mogelijk over het restantje espresso probeerde te doen, keerden haar gedachten telkens terug, als de golven op het kiezelstrand.

In Londen was ze een soort van huisspook. Als ze in een van haar oorlogszones had gezeten en bij thuiskomst ontdekte dat tijdens haar afwezigheid de schoenpoets of de gloeilampen ergens anders lagen, op een vergelijkbaar plekje, was het net alsof zij zelf ook zo'n vergankelijke plek in het huis had. Door haar keus bepaalde dingen te willen bewerkstelligen op deze wereld, had ze het risico genomen haar positie als echtgenote en moeder kwijt te raken, een verwarrende positie waar alles voor haar was bedacht mits ze verkoos die te vervullen. Ze had geprobeerd iemand te zijn die ze niet echt begreep. Een machtige maar fragiele vrouwenfi-

guur. Als ze had geweten dat krachtig zijn niet op hetzelfde neerkwam als machtig en dat aardig niet hetzelfde was als fragiel, dan nog zou ze niet weten hoe ze
dat inzicht op haar eigen leven moest toepassen of wat
ze er zelfs maar mee opschoot, of hoe ze zich beter zou
moeten voelen op het moment dat ze op een zaterdag-
avond in haar eentje aan een tafel voor twee zat. Soms,
als ze terugkwam uit Afrika of Ierland of Koeweit,
mocht ze van Laura de logeerkamer boven hun winkel
in Euston gebruiken. Het was als een kuuroord. Als ze
er overdag op bed lag en het was beneden rustig in de
winkel, bracht Laura haar kopjes thee. Zij en Laura
hadden niets gemeen, ze kenden elkaar gewoon al een
eeuwigheid. En dat betekende iets. Ze hoefden elkaar
niets uit te leggen of beleefd te doen of de stiltes op te
vullen.

Ze had Laura uitgenodigd om van de zomer mee te
gaan naar hun vakantievilla en tot haar verbazing was
Laura daar vrijwel direct op ingegaan. In de regel hadden zij en Mitchell langer de tijd nodig om de winkel af
te sluiten en hun spullen in gereedheid te brengen.

De sterretjes in de sorbets waren bijna opgebrand.
Een van de moeders viel opeens uit tegen haar vijfjarige
zoontje, dat zijn glas op de grond kapot had laten vallen. Haar geschreeuw was buitenproportioneel. Isabel
kon zien dat de vrouw aan het eind van haar Latijn was.
Ze ging tekeer als iemand die gelukkig noch ongelukkig was. Op handen en knieën veegde ze de klodders ijs
van de vloer met de servetten die haar clan haar aan-
reikte. Isabel voelde de afkeuring van de vrouwen omdat ze daar alleen zat, maar toch was ze hen dankbaar.
Ze zou Nina een keer hier mee naartoe nemen en ook

een sorbet met sterretjes voor haar bestellen. Deze vrouwen hadden iets liefs voor hun kinderen bedacht, dat zou zij ook eens moeten doen.

Muren die open- en dichtgaan

Nina zag dat Kitty Finch met haar handen over de muren van haar logeerkamer ging, alsof ze wilde testen hoe stevig ze waren. Het was een kleine kamer met een raam dat op de achterkant van de villa uitkeek. De gele gordijnen waren dicht, waardoor het erg drukkend en warm was binnen. Kitty zei dat ze dat fijn vond. Ze hoorden Mitchell in de keuken een liedje van Abba zingen. Hij zong vals. Kitty zei dat ze de muren controleerde omdat het fundament van de vakantievilla zwak was. Drie jaar geleden had een ploeg beunhazen uit Menton het huis opgelapt. De scheuren die overal in de muren zaten, waren gewoon dichtgesmeerd met het verkeerde cement.

Nina kon er niet over uit dat Kitty zoveel van zoveel verschillende onderwerpen wist. Welk cement was dan wel goed? Had Kitty Finch soms in de bouw gewerkt? Hoe had ze haar dikke haar onder een bouwhelm weten te proppen?

Het was alsof Kitty haar gedachten had geraden. 'Nou, in goed cement zit bijvoorbeeld kalksteen,' en daarna ging ze op haar hurken de planten onderzoeken die ze eerder die ochtend op de begraafplaats had gevonden.

Ze liet haar groengelakte nagels over de driehoekige blaadjes en de witte bloemen gaan, en zei met opgetrokken neus dat ze naar muizen roken. De zaden van de planten wilde ze gebruiken om te bestuderen. Misschien had Nina zin om haar te helpen?

'Wat voor plant is dat?'

'Hij heet *Conium maculatum* en behoort tot dezelfde familie als venkel, pastinaak en wortel. Ik was echt verbaasd dat deze plant zo dicht bij het kerkgebouw groeide. De blaadjes lijken een beetje op peterselie, hè?'

Nina had geen idee.

'Dit is dollekervel. Je vader wist dat, uiteraard. Vroeger maakten de kinderen fluitjes van de stelen en soms liepen ze daarbij een vergiftiging op. Volgens de oude Grieken kon het kruid tumoren genezen.'

Blijkbaar had Kitty veel omhanden. Nadat ze haar zomerjurken in de garderobekast had opgehangen en een rijtje beduimelde boeken op een plankje gezet, stormde ze de trap op naar het zwembad. Ze wilde er een kijkje nemen, al was het inmiddels donker buiten. Even later was ze terug.

'Het zwembad heeft nu onderwaterverlichting. Vorig jaar was die er nog niet.'

Ze pakte een bruine A4-envelop uit haar blauwe reistas en wapperde er even mee. 'Mijn gedicht,' zei ze tegen Nina. 'Je vader heeft beloofd het vanavond te lezen.' Ze beet op haar lip. 'Ik moest het op het tafeltje voor zijn slaapkamer neerleggen. Ga je mee?'

Nina bracht haar naar de kamer die haar ouders in gebruik hadden genomen. Het was de grootste in de villa en de bijbehorende badkamer was nog groter. Er zaten goudkleurige kranen in, een douche met een krachtige straal en een knopje waarmee je de badkuip in een jacuzzi kon omtoveren. Ze wees op een tafeltje dat tegen de muur op de gang was geschoven. Er stond een schaal op met duikbrillen, gedroogde bloemen, oude viltstiften, ansichtkaarten en een bos sleutels.

'O kijk, de sleutels voor de pompruimte,' zei Kitty

opgewonden. 'Daarin vind je de hele machinerie om het zwembad draaiende te houden. Ik leg mijn gedicht wel onder deze schaal.'

Ze keek fronsend naar de envelop, haalde diep adem en bleef met haar krullen schudden alsof er iets in was gevlogen.

'Hmm ... misschien kan ik het beter onder de deur door schuiven. Als hij er bijna over struikelt, leest hij het tenminste meteen.'

Nina wilde bijna zeggen dat het niet zijn kamer was omdat haar moeder daar ook sliep, maar ze hield zich in want Kitty Finch kon van die rare dingen zeggen.

'Soms moet je risico's nemen, toch? Net zoiets als met je ogen dicht een kruispunt oversteken. Je weet niet wat er gaat gebeuren.' Ze wierp haar hoofd in haar nek en barstte in lachen uit. 'Vergeet niet om me eraan te herinneren dat ik je morgen meeneem naar Nice voor de lekkerste sorbet ter wereld.'

Bij Kitty was het net alsof er een fles naast je werd ontkurkt. Bij de eerste plop ontsnapte er wat gas, daarna werd alles besproeid met bruisende bubbels.

Mitchell riep dat de tafel was gedekt.

Manieren

'Mijn vrouw is naar Nice om haar schoenen te laten repareren,' verkondigde Joe Jacobs theatraal aan de dinertafel.

Hij bracht het als een mededeling van huishoudelijke aard, zonder respons van zijn disgenoten te verwachten. Ze begrepen de boodschap. Er werd niet meer over gesproken.

Mitchell, die graag de thuiskok uithing, was de hele middag in de weer geweest met de runderrollade die Joe 's morgens in de supermarkt had gekocht. Glunderend sneed hij er plakken af, er sijpelde rozig vocht uit het middenstuk.

'Ik hoef niet, dank je,' zei Kitty beleefd.

'O kom op, een sliertje toch wel?' Hij schudde een reep bloederig vlees van zijn vork op haar bord.

'Sliertje is Mitchells favoriete woord.' Joe stopte zijn servet in zijn boord.

Laura schonk de glazen vol. Ze droeg een rijkversierde Afrikaanse ketting: een dikke band van verguld goud die met zeven parels om haar hals werd vastgehouden.

'Je lijkt wel een bruid,' zei Kitty bewonderend.

'Laat het nou een bruidsketting zijn uit onze winkel. Hij komt uit Kenia,' antwoordde Laura.

Kitty had tranen in haar ogen van de mierikswortelsaus, die ze met lepels vol naar binnen werkte alsof het suiker was. 'Wat verkoop je zoal in je derdewereldwinkel?'

'Wij zijn tussenhandelaren in etnische kunst,' corrigeerde Laura haar. 'Antieke Perzische, Turkse, Hindoe-staanse wapens en dure Afrikaanse sieraden.'

'Eigenlijk zijn we wapenhandelaars,' kraaide Mitchell uitgelaten. 'En op zijn tijd verkopen we meubelstukken die van struisvogels zijn gemaakt.'

Joe rolde met zijn vingers een reep vlees op en dipte het in de kom met mierikswortelsaus. 'Meubels worden gemaakt van struisvogels en mierikswortelsaus wordt gemaakt van mieren,' scandeerde hij.

Nina smeet haar mes op haar bord. 'Hou je bek toch, zak.'

Mitchell trok een gezicht. 'Nou nou, meisjes van jouw leeftijd zouden niet van die vuige taal moeten uitslaan.'

Haar vader knikte alsof hij het daar volkomen mee eens was. Nina gluurde woedend naar hem terwijl hij zijn lepel schoonwreef met een punt van het tafellaken. Ze wist dat hij zelf voortdurend 'vuige taal' uitsloeg, zoals Mitchell het noemde. Als ze hem vertelde dat ze er schoon genoeg van had om met die snertschoenen en verkeerde kleur maillot naar school te moeten, wat ze regelmatig deed, corrigeerde haar vader de poëet haar als volgt: 'Zeg de volgende keer "kutschoenen", dat maakt meer indruk.'

'Vuige taal komt voort uit vuige gedachten.' Mitchell klopte op zijn kale schedel en likte een klodder mieriks-wortel van zijn duim. 'Toen ik zo oud was als jij ge-bruikte ik nooit van die taal waar mijn vader bij zat.'

Joe wierp zijn dochter een blik toe. 'Hoor hem aan, mijn kind. Vloek alsjeblieft niet zo want daarmee bele-dig je die klootzakken hier aan tafel. Vooral Mitchell. En die is gevaarlijk. Hij heeft wapens. Zwaarden en ivoren revolvers.'

'Ei-gen-lijk ...' Mitchell zwaaide weer met zijn vinger. 'Eigenlijk ben ik op zoek naar een muizenval. We hebben muizen in de keuken,' zei hij met zijn blik strak op Kitty Finch gericht.

Kitty gooide haar stukje vlees op de grond en leunde over naar Nina. 'Er zitten geen mieren in mierikswortel. Het is wel een wortel en je vader eet er waarschijnlijk zoveel van omdat het een probaat middel tegen reuma is.'

Joe trok zijn zware wenkbrauwen op. 'Watte? Ik heb helemaal geen reuma.'

'Volgens mij wel,' wierp Kitty tegen. 'Je loopt behoorlijk stram.'

'Dat komt omdat hij oud genoeg is om je vader te zijn,' zei Laura met een venijnig lachje. Ze vroeg zich nog steeds af waarom Isabel deze meid, die altijd in haar blootje zwom en het duidelijk op haar echtgenoot had voorzien, het gastenverblijf had aangeboden. Haar vriendin zou in dit huwelijk de bedrogen partij moeten zijn. Belazerd door zijn avontuurtjes. Belast met zijn verleden. Bedrogen en belogen.

'Laura is reuze met zichzelf ingenomen dat ze mensen zo goed doorziet en nergens doekjes om windt,' zei Joe tegen zijn tafelgenoten. Hij kneep met duim en wijsvinger in het puntje van zijn neus, codetaal tussen hem en zijn dochter, waarvoor wist hij niet precies, misschien voor zijn eeuwige onvoorwaardelijke liefde ondanks zijn tekortkomingen en fouten en hun wederzijdse irritaties.

Kitty glimlachte nerveus naar Laura. 'Het is zo aardig van jullie dat ik mag blijven, bedankt.'

Nina zag haar aan een stukje komkommer knagen

dat ze even later naar de rand van haar bord schoof.

'Bedank Isabel maar,' zei Laura. 'Ze heeft een groot hart.'

'Dat zou ik niet van Isabel willen zeggen. Jij wel, Nina?'

Joe rolde wederom een stukje vlees op dat hij in zijn mond stak.

Het was een teken voor Nina om iets kritisch over haar moeder te zeggen waarmee ze bij haar vader een wit voetje zou halen. Iets in de trant van: 'Mijn moeder kent mij niet eens.' Maar liever zou ze zeggen: 'Mijn moeder weet niet dat ik weet dat mijn vader met Kitty Finch naar bed zal gaan. Ze weet niet eens dat ik weet wat anorexia is.'

In plaats daarvan zei ze: 'Kitty denkt dat muren kunnen openen en sluiten.'

Toen Mitchell met een wijsvinger rondjes draaide bij zijn oor om 'hartstikke gestoord' te mimen, boog Joe zich over tafel en gaf met zijn zongebruinde vuist een harde tik op Mitchells bleekroze hand.

'Het is ronduit onbeschoft om zo normaal te zijn, Mitchell. Zelfs jij bent ooit jong geweest. Ook jij hebt ooit gedacht dat er monsters onder je bed zaten. Maar nu je zo'n geweldige volwassen vent bent kijk je stiekem onder je bed met de gedachte dat het monster weleens onzichtbaar kan zijn.'

Mitchell rolde met zijn ogen en keek omhoog alsof hij bij het plafond om steun zocht. 'Heeft iemand jou weleens verteld hoe verwaand je bent?'

De telefoon rinkelde. Knerpend gleed het papier uit de faxmachine op de plastic houder, naast de handleiding voor de vakantievilla. Nina stond op om de fax te halen. Na een vluchtige blik gaf ze hem door aan haar vader. 'Voor jou. Het gaat over je lezing in Polen.'

'Dank je.' Hij gaf haar een handkus met zijn wijnbevlekte mond en vroeg haar de fax hardop voor te lezen.

WELKOMSTLUNCH

TWEE MENU'S.
Witte borsjtsj met gekookte eieren en worst.
Streekgerecht van stoofvlees met aardappelpuree.
Frisdrank.

OF

Traditionele Poolse komkommersoep.
Koolbladeren met een vulling van gehakt en aardappel.
Frisdrank.

GELIEVE UW KEUZE PER FAX DOOR TE GEVEN.

Laura kuchte. 'Jij bent toch geboren in Polen, Joe?'

Nina zag hoe haar vader vaag zijn hoofd schudde.

'Dat weet ik niet meer.'

Mitchell trok nadrukkelijk zijn wenkbrauwen op om kenbaar te maken dat hij net iets ongelooflijks had gehoord. 'Je moet wel een tikje seniel zijn om je geboorteplaats te vergeten, meneer. Je bent toch Joods?'

Joe keek onthutst. Was dat omdat iemand hem net meneer had genoemd, vroeg Nina zich af. Kitty zat ook al bedenkelijk te kijken. Ze zag dat Kitty rechtop in haar stoel ging zitten en zich tot de anderen richtte alsof ze Joe's biografe was. 'Natuurlijk is hij in Polen geboren. Dat staat in al zijn boeken. Jozef Nowogrodzki is in 1937 in het westen van Polen geboren. Op vijfjarige leeftijd kwam hij naar Londen, naar de wijk White Chapel.'

'Juist.' Mitchell keek beduusd. 'Waarom noem je je dan Joe Jacobs?'

Opnieuw nam Kitty het woord. Ze had net zo goed driemaal tegen haar glas kunnen tikken om een geladen stilte te creëren. 'De docenten op het internaat gaven hem een naam die ze makkelijker konden uitspreken.'

De lepel die Joe gedurende de hele maaltijd had zitten poetsen, glom nu als zilver. Toen hij hem omhooghield alsof hij de vrucht van zijn arbeid wilde inspecteren, kon Nina Kitty's vervormde spiegelbeeld erin zien.

'Internaat? Hoezo? Waar waren je ouders dan?'

Mitchell zag dat Laura ongemakkelijk op haar stoel schoof. Hij kon zich met geen mogelijkheid herinneren wat hij van Joe's verleden hoorde te weten. Allicht dat Laura het hem had verteld, maar hij had het niet onthouden. Tot zijn opluchting kwam Kitty niet met nog meer doopceelgegevens op de proppen. Hij had spijt dat hij het onderwerp had aangesneden.

'Je bent toch zo goed als Engels, Joe?'

Joe knikte. 'Jawel. Bijna net zo Engels als jij.'

'Nou, zo zou ik het niet willen stellen.' Mitchell klonk als een gemoedelijke douanebeambte. 'Het gaat erom wat we vanbinnen voelen, toch? Dat zeg ik ook altijd tegen Laura.'

'Precies,' zei Joe.

Dat was voor Joe's doen zo'n beleefd antwoord, dat Mitchell vermoedde dat hij een open zenuw had geraakt.

'Wat voel je dan vanbinnen, Joe?'

Joe loerde naar de lepel in zijn hand alsof het een sieraad was, een bescheiden overwinning op smoezelig bestek.

'Ik voel een FFF vanbinnen.'

'Wat is dat?'

'Een *fucking funny feeling.*'

Mitchell was teut en sloeg Joe op zijn rug als om hun nieuwe solidariteitspact te bezegelen.

'Mijn idee, Joe, of hoe je ook heten mag. Ik heb een FFF hier.' Hij klopte op zijn schedeldak. 'Drie, maar liefst.'

Laura schuifelde met haar lange voeten onder de tafel en zei dat ze een trifle als dessert had gemaakt. Het recept kwam uit *Delia Smith's Complete Cookery Course* en ze hoopte dat de custard mooi stijf was geworden en dat de room niet was geschift.

Zondag

De dollekerveldief

Het eerste gezang van vogels. Dennenappels die in het rimpelloze zwembad plonzen. Sterk geurende rozemarijn in de houten kistjes op de vensterbank. Toen Kitty Finch wakker werd, voelde ze iemands adem op haar gezicht. Eerst dacht ze dat het raam 's nachts was opengewaaid, maar toen zag ze zijn gezicht en moest ze haar haren in haar mond proppen om niet keihard te gaan gillen. De donkerharige jongen stond naast haar bed en zwaaide naar haar. Ze schatte hem op vijftien jaar oud en in zijn andere hand hield hij een schrijfblok. Het was geel. Hij droeg een schooluniform en zijn das had hij in zijn borstzakje gestopt. Uiteindelijk loste hij op in de muur, maar ze bleef de luchtcirculatie van zijn zwaaiende hand voelen.

Hij zat in haar. Hij had zich in haar geest getransporteerd. Ze kon zijn gedachten en gevoelens en bedoelingen waarnemen. Ze boorde haar nagels in haar wangen, en toen ze zeker wist dat ze klaarwakker was, liep ze naar de tuindeuren en dook het zwembad in. Toen ze naar het half leeggelopen luchtbed zwom en het mee naar het ondiepe trok, werd ze door een wesp in haar pols gestoken. Was de verschijning een geest of een droom of een hallucinatie geweest? Ze wist het niet. Maar wat het ook was geweest, het had zich lange tijd in haar onderbewustzijn opgehouden. Ze dook onder water en begon tot tien te tellen.

Er was nog iemand anders in het zwembad.

Kitty zag de optisch vergrote vingers van Isabel Jacobs waarmee ze de insecten, die altijd bij het diepe gedeelte dobberden, van het wateroppervlak schepte. Ze kwam naar boven en zag Isabels sterke armen door het koude groene water klieven. Op de tegelvloer aan de rand van de poel lag een bergje zieltogende insecten. De eega-verslaggeefster, zwijgzaam en superieur, verdween altijd tegen etenstijd naar Nice en niemand vroeg waarom. Ook haar echtgenoot niet, die inmiddels haar gedicht zou hebben gelezen, hoopte Kitty. Hij zei dat hij het ging doen na dat diner gisteravond, waar geen eind aan leek te komen. Hij zou op bed gaan liggen en haar woorden lezen.

'Je beeft, Kitty.'

Isabel zwom naar haar toe. De twee vrouwen stonden naast elkaar te kijken naar de vroege ochtendnevel die vanuit de bergen in de verte opsteeg. Ze zei tegen Isabel dat ze oorpijn had en zich duizelig voelde. Het was de enige manier waarop ze kon praten over wat ze die ochtend had gezien.

'Waarschijnlijk een oorontsteking. Geen wonder dat je niet zo stevig op je benen staat.'

Isabel zette een stem op alsof ze alles onder controle had. Kitty had haar drie jaar geleden op televisie gezien. Isabel Jacobs stond toen in de woestijn van Koeweit, naast het skelet van een kameel. Ze leunde tegen een uitgebrande legertank en wees naar het verkoolde stel

soldatenlaarzen eronder. Ze leek zo elegant en ver-
zorgd, maar Isabel Jacobs was valser dan haar houding
suggereerde. Toen ze gisteren in het zwembad was gedoken en naar Kitty's enkel had gegrepen, had ze een
lelijke schram in haar huid gekerfd. Het plekje was nog
steeds pijnlijk gevoelig. Dat had Isabel expres gedaan,
maar Kitty kon er niets van zeggen omdat Isabel haar
even later een kamer had aangeboden. Niemand durfde
tegen haar in te gaan want de oorlogscorrespondente
had iedereen onder de duim. Zij had altijd het laatste
woord en wee degene die haar tegensprak. De waarheid
was dat haar echtgenoot het laatste woord had omdat
hij schreef en achter zijn woorden een punt zette. Kitty
besefte dat, maar besefte zijn vrouw dat ook?

Kitty sprong het water uit en trok een paar blaadjes
van het laurierboompje dat in een pot naast het zwembad stond. Isabel ging ook naar de kant. Ze pakte een
witte ligstoel en stak verstrooid een sigaret op, alsof ze
aan iets dacht wat veel belangrijker was dan wat er nu
plaatsvond. Ze had ongetwijfeld de gekreukelde envelop gezien die Kitty bij de slaapkamerdeur had neergezet.

Terug naar huis
door
Kitty Finch

Ze vertelde niet tegen Isabel dat ze het heet had en
daardoor niet goed kon zien. Ze had jeuk, haar tong
was gezwollen. Ze zei ook niets over de spookverschij-
ning van de jongen die uit de muur was gekomen om
haar gedag te zeggen toen ze wakker werd. Hij had

planten van haar gestolen, hij hield ze tegen zijn borst gedrukt toen hij weer in de muur verdween. Ze dacht dat hij naar manieren zocht om te sterven. De woorden die ze hem had horen zeggen, waren woorden die ze binnen in haar hoofd had gehoord en niet met haar oren. Hij zwaaide alsof hij haar begroette, maar nu bedacht ze dat het gebaar net zo goed een afscheid had kunnen zijn.

'Dus je bent hier omdat je een fan van Joe's poëzie bent?'

Kitty kauwde langzaam op het laurierblaadje tot ze de angst in haar stem de baas was. 'Zo zou je het kunnen omschrijven. Als een fan. Ik zie het anders.'

Ze zweeg even en wachtte tot haar stem niet meer beefde. 'Joe's poëzie beschouw ik boven alles als een gesprek dat met mij wordt gevoerd. Hij verwoordt mijn gedachten. Alsof we via ons zenuwgestel met elkaar in contact zijn.'

Ze draaide zich om op het moment dat Isabel met haar blote voet haar sigaret uittrapte. Kitty hapte naar adem.

'Deed dat geen pijn?'

Als Isabel zich al had gebrand, dan leek het haar niet te deren.

'Wat moet ik verstaan onder "contact via zenuwgestel" met Jozef?'

'Niets. Het kwam zomaar in me op.'

Het viel Kitty op dat Isabel altijd Joe's volle naam gebruikte. Alsof zij als enige het deel van hem bezat dat geheim was, het mysterie, het deel dat schreef. Hoe kon ze Isabel uitleggen dat zij en Joe berichten uitwisselden als ze het niet eens zelf begreep? Ze zou het met Jurgen opnemen. Hij zou uitleggen dat ze een extra zintuig had omdat ze dichteres was en dan zou hij haar woorden toefluisteren in het Duits. Ze wist dat het als verbaal liefkozen was. Het was 's avonds altijd lastig om van hem af te komen, daarom was ze blij met die logeerkamer. In zekere zin was ze Isabel dus dankbaar, omdat ze haar van Jurgens avances had gered.

'Waar gaat je gedicht over?'

Kitty staarde naar het laurierblaadje, haar vingertoppen streken langs de zilveren bladnerven.

'Dat weet ik niet meer.'

Isabel proestte het uit. Dat was beledigend. Kitty voelde zich beledigd. Niet langer dankbaar. Ze loerde naar de vrouw die haar dan wel de logeerkamer had aangeboden, maar zonder linnengoed of hoofdkussen en zonder erbij te zeggen dat het raam niet open kon en dat de vloer bezaaid lag met muizenkeutels. Die journaliste stelde vragen alsof ze een dossier van haar wilde aanleggen. Ze was lang, haar lichaam had prachtige welvingen, haar haar was zo zwart als van een squaw, ze droeg een gouden ring om de wereld te laten zien dat ze getrouwd was. Lange, zachte vingers die nooit pannen schoon hoefden te schrobben of de aarde omwoelen. Ze gunde haar gast niet eens kleerhangers. Nina had haar een armvol hangertjes uit haar eigen kast gegeven. Toch ging Isabel Jacobs door met haar kruisverhoor, omdat ze de overhand wilde hebben.

'Je kent de eigenaar van dit huis, hè?'

'Ja. Een psych, Rita Dwighter heet ze, een vriendin van mijn moeder. Ze heeft overal huizen, de twee panden in Londen alleen al zijn elk twee miljoen waard.

Waarschijnlijk vraagt ze haar cliënten welke hypotheek ze hebben.'

Isabel schoot in de lach en ditmaal lachte Kitty mee.

'Tussen twee haakjes, bedankt dat ik hier mag logeren.'

Isabel knikte verstrooid en mompelde iets over toast met honing in de keuken. Kitty keek haar na toen ze zich door de glazen deuren haastte en bijna tegen Laura aan botste, die in de keuken aan tafel zat. Laura had oordopjes in en om haar nek hing een kluwen van draden. Ze leerde een of andere Afrikaanse taal en haar dunne lippen prevelden de woorden mee.

Kitty zat naakt en rillend bij het zwembad te luisteren naar de lange blonde vrouw met de verschrikte blauwe ogen, die zangerige zinnen van een ander continent nazei. Ze hoorde de kerkklokken in het dorp beieren en ze hoorde iemand zingen. Toen ze opkeek, moest ze zich voor de tweede keer die ochtend uit alle macht inhouden om niet te gillen. Madeleine Sheridan zat op haar vaste plek op het balkon en staarde naar haar alsof ze de zeespiegel afspeurde naar haaienvinnen. Het werd Kitty te machtig. Ze sprong op en hief een gebalde vuist naar de schaduw op het balkon, die daar haar ochtendthee dronk.

'Sta niet zo te gluren, mens. Ik heb nog steeds mijn schoenen niet. Heb je ze al gevonden, dokter Sheridan?'

Aliens met heimwee

Jurgen sleepte een opblaaspop de keuken van Claudes café in. Het rubberen geval, een buitenaards wezen met lange rimpelnek, was bijna één meter hoog. Hij had het zaterdag op de vlooienmarkt gekocht. Hij voerde met Claude drie gesprekken tegelijk. Claude, net drieëntwintig geworden, wist dat hij op Mick Jagger leek. Volgend jaar zou hij zijn eetcafé aan twee Parijse projectontwikkelaars verkopen. Claude wilde weten waarom Kitty Finch bij de Britse vakantiegangers mocht logeren.

Jurgen krabde op zijn schedel, zwiepte met zijn dreadlocks en probeerde vergeefs een invalshoek te vinden voor die vraag. Het was te vermoeiend, hij kon geen antwoord bedenken. Claude wist met behulp van een dure kapper de indruk te wekken dat zijn zijdezachte haar hem niet kon schelen. Hij vermoedde dat Kitty vies was van Jurgens dreadlocks, omdat hij haar maar al te graag in zijn logeerbed wilde. Samen maakten ze zich vrolijk om Mitchell, die op het terras de ene na de andere baguette met jam naar binnen zat te schrokken tot de supermarkt open zou gaan. De dikkerd met zijn verzameling oude geweren had zowel een rekening bij Claudes eetcafé als bij de supermarkt, die door Claudes moeder werd gerund. Mitchell zou zijn hele familie nog bankroet laten gaan. Terwijl Claude aardappels schilde, legde Jurgen hem de plot van *E.T.* uit. Jurgen trok de sigaret tussen de volle lippen van zijn vriend vandaan. Hij inhaleerde en dacht ondertussen na over de film die hij drie jaar geleden in Monaco had gezien.

'E.T. is een baby-alien die verdwaald raakt op aarde. Zijn thuisplaneet is miljoenen lichtjaren ver weg. Hij wordt vriendjes met een jongetje van tien en ze hebben een heel speciale band met elkaar.'

Claude knipoogde veelbetekenend naar de rubberen alien in zijn keuken. 'Wat voor band?'

Jurgens dreadlocks zwaaiden langs de ovenverse perentaart die onder het keukenraam stond af te koelen en pijnigde zijn geheugen. Hoe zat het ook alweer?

'Nou ... als E.T. ziek wordt, wordt de jongen ook ziek. Als E.T. honger krijgt, krijgt de jongen ook honger, is E.T. verdrietig dan treurt de aardjongen met hem mee. De alien en zijn vriendje kunnen elkaars gedachten lezen. Hun geest is één.'

Claude trok een gezicht omdat Mitchell om nog meer brood had geroepen, en ook meteen een stuk van die perentaart graag, die net op de menukaart was gezet. Tegen Jurgen zei Claude dat hij niet snapte waarom Mitchell nooit geld bij zich had, terwijl hij toch in een erg luxe villa logeerde. Zijn rekening was inmiddels torenhoog. 'Hoe loopt *E.T.* eigenlijk af?'

Meestal was Jurgen te stoned om zich ook maar iets te herinneren. Hij had net in de verte Joe Jacobs ontdekt, te midden van grazende schapen op de berghelling. Om de een of andere reden kon hij zich wel elke zin van dat buitenaardse baby'tje herinneren. Dat kwam vast omdat hij, Duits natuurmens in Frankrijk, ook ontheemd was. Hij legde uit dat E.T. zich van de aardjongen moest losmaken omdat hij hem anders ook ziek zou maken, en hij wilde hem beschermen. Tot slot vindt hij een manier om naar zijn eigen planeet terug te keren.

Jurgen gaf Claude een por en maakte een gebaar naar de dichter op de berghelling. Het was alsof die naar iemand salueerde, zoals hij daar met zijn vingers tegen zijn slaap stond. Claude mocht de poëet wel. Hij gaf altijd vette fooien en had een beeldschone, langbenige dochter weten te produceren. Claude had haar gevraagd of ze een aperitiefje kwam drinken. Ze was nog niet op de uitnodiging ingegaan, maar hij bleef hopen want hoop doet leven, had Jurgen gezegd.

'Hij is bijgelovig, hij heeft net een ekster gezien. Hij is beroemd. Wil jij ook beroemd worden?'

Jurgen knikte. En schudde toen ontkennend zijn hoofd, waarna hij een slok nam uit een fles met een groen drankje, die naast de spijsolie stond.

'Och, soms lijkt het me wel lekker om geen conciërge meer te hoeven zijn en dat iedereen met je dweept. Het probleem is dat ik de energie niet heb om beroemd te zijn, ik heb veel te veel te doen.'

Claude wees naar de dichter die nog steeds voor eksters leek te salueren.

'Misschien heeft hij heimwee naar zijn eigen planeet.'

Jurgen gorgelde met het groene goedje. Muntsiroop, wist Claude. Jurgen was er min of meer aan verslaafd, zoals mensen verslaafd waren aan absint, die dezelfde sprookjesachtige groene kleur had.

'Nee hoor, hij probeert Kitty Ket te ontlopen. Hij heeft haar dinges niet gelezen en houdt zich gedeisd. De Ket is als E.T. – ze denkt dat ze een mentale connectie met de dichter heeft. Hij heeft haar dinges niet gelezen en dan wordt ze droevig en gaat haar bloeddruk omhoog en schiet ze hem neer met een van de antieke geweren van die dikzak.'

Maandag

De valzetter

Mitchell baadde in het zweet. Het was drie uur 's nachts en hij was zo-even ontwaakt uit een nachtmerrie over een duizendpoot. Hij was het beest met een mes te lijf gegaan, maar het spleet in tweeën en de afzonderlijke delen groeiden opnieuw aan. Hoe harder hij toestak, des te meer duizendpoten kwamen er. Ze krioelden om zijn voeten, ze kropen omhoog tot aan zijn oren en de smurrie droop van het lemmet van zijn mes. Ze wurmden zich in zijn neusgaten en probeerden zich in zijn mond te dringen. Toen hij wakker schrok, ging zijn hart zo tekeer dat hij bang werd voor een hartaanval. Hij overwoog om Laura wakker te maken. Ze lag vredig op haar zij, diep in slaap, haar voeten staken over de rand. Geen bed ter wereld was groot genoeg voor Laura. In Londen hadden ze speciaal voor haar lengte en zijn breedte een bed op maat laten maken door een Deense scheepsbouwer. Het nam de hele slaapkamer in beslag en leek nog het meest op een galjoen dat gestrand was in een stadspark. Er zat iets op de muur dat op hem af kroop. Hij begon te schreeuwen.

'Wat is er, Mitch?' Laura kwam overeind en legde een hand op de zwoegende borstkas van haar echtgenoot.

Hij wees naar het ding op de muur.

'Het is maar een motje, Mitchell.'

Als bij toverslag spreidde het insect zijn vleugels en vloog door het geopende raam naar buiten.

'Ik heb een nachtmerrie gehad,' gromde hij. 'Echt afschuwelijk.'

Ze kneep even in zijn verhitte, klamme hand. 'Probeer nog wat te slapen. Morgenochtend voel je je vast beter.' Ze trok het laken over haar schouder en vlijde zich neer op haar helft.

Mitchell wist dat hij de slaap niet meer zou kunnen vatten. Hij stond op en liep naar de keuken beneden, de plek waar hij zich het meest senang voelde. Hij pakte water uit de ijskast. Toen hij de fles tegen zijn mond zette en gulzige slokken nam, voelde hij zich net zo uiteengereten als de duizendpoot. En hij had hoofdpijn. Zijn aandacht werd afgeleid door een voorwerp op de vloer. Het was de val die hij had uitgezet om de rat te kunnen vangen. Er zat iets in. Hij slikte moeizaam en liep ernaartoe.

Het was een klein diertje op zijn zij, met zijn rug naar hem toe. Maar het was geen rat. Mitchell herkende het ding als Nina's bruine speelgoedkonijn, dat met zijn lange flaporen in de draadklem zat. Hij kon het witte wipstaartje en het smoezelige merklabel aan de poot duidelijk onderscheiden.

Het groene satijnen bandje om zijn nek was op de een of andere manier ook in de val verstrikt geraakt. Mitchell voelde het zweet op zijn rug toen hij zich vooroverboog om het knuffelbeest los te maken. Ineens zag hij een schaduw op de vloer. Er stond iemand naast hem. Iemand had ingebroken en nu had hij geen geweer bij zich. Zelfs met zijn antieke, ebbenhouten Perzische revolver had hij de indringer kunnen afschrikken.

'Dag, Mitchell.'

Kitty Finch stond naakt tegen de muur geleund en keek toe hoe hij probeerde de val niet op zijn vingers dicht te laten klappen. Ze knabbelde op het stukje chocola dat hij als lokaas voor de rat had uitgezet, haar armen voor haar naakte borsten gekruist.

'Ik ga je voortaan de valzetter noemen, maar ik heb alle uilen al voor jou gewaarschuwd.'

Hij drukte zijn hand tegen zijn bonkende hart en staarde naar haar vergenoegde, bleke gezicht. Hij wilde haar overhoopschieten. Als hij nu een wapen had gehad, had hij op haar geschoten. Hij zou op haar maagstreek hebben gericht. In gedachten zag hij zichzelf met een revolver in de aanslag de seconden berekenen om de trekker over te halen. Ze zou op de grond vallen, haar wijd opengesperde grijze ogen zouden glazig worden, er zou een groot bloederig gat in haar buik zitten. Hij knipperde met zijn ogen en zag haar nog steeds rechtop tegen de muur staan, treiterig kauwend op de chocola die hij in de val had gelegd. Ze leek opeens erg mager en zielig en het drong tot hem door dat hij haar aan het schrikken had gemaakt.

'Sorry dat ik zomaar kwam binnenvallen.'

'Ach ja.' Ze knikte alsof ze opeens beste maatjes waren. 'Je joeg me de stuipen op het lijf, maar ik was toch al bang.'

Net als hij, hij was ook angstig. Even overwoog hij serieus haar over zijn nachtmerrie te vertellen.

'Waarom maak je vogels en andere dieren dood, Mitchell?'

Met haar smalle taille en dat lange haar dat glansde in het donker was ze bijna knap, maar tegelijk zag ze er verslonsd uit, als een bedelaar voor het treinstation met een 'ik heb honger'-bordje om zijn nek.

'Om mijn gedachten te verzetten.' Op het moment dat hij dat zei, besefte hij dat het nog waar was ook.

'Gedachten waarover?'

Opnieuw kwam hij in de verleiding zijn zorgen te spuien omdat die zo zwaar op zijn gemoed drukten, maar hij slikte bijtijds zijn woorden in. Het was geen goed idee om zijn perikelen te delen met zo'n geschifte meid als Kitty Finch.

'Je bent niet goed bezig, Mitchell. Zodra je ophoudt met het doden van dieren, zul je je een beter mens voelen.'

'Heb jij geen huis waar je naartoe kunt?' Hij bedacht dat hij dit vrij sympathiek had bedoeld, maar zelfs in zijn eigen oren klonk het eerder als een belediging.

'Jawel. Ik woon momenteel bij mijn moeder, al is het niet mijn eigen huis.'

Toen ze knielde om hem te helpen het konijn los te maken, piekerde hij over de vraag of een zielig meisje als zij een mogelijk gevaar voor anderen kon betekenen.

'Ik heb een tip.' Deze keer meende Mitchell het oprecht aardig. 'Als je eens wat vaker kleren aantrok in plaats van altijd in je nakie rond te rennen, zou je een stuk normaler overkomen.'

Weggetoverd

De verdwijning van Nina werd pas om zeven uur 's morgens ontdekt, op het moment dat Joe haar riep omdat hij zijn speciale vulpen kwijt was. Zijn dochter was de enige die de pen altijd terugvond, op welk moment van de dag ook – een klein drama waar Laura deze vakantie minstens een dozijn keer getuige van was geweest. Telkens als Nina triomfantelijk de pen aan haar luidkeels jeremiërende vader gaf, sloeg hij zijn armen om haar heen en bulderde met pathos: 'Dank je! Eeuwig dank!' Vaak in meerdere talen, zoals in het Pools, Portugees of Italiaans. *'Danke, danke, danke,'* had hij gisteren gezegd.

Het was nauwelijks te geloven dat Joe zo vroeg in de ochtend brulde dat zijn dochter zijn vulpen moest zoeken, maar toch was dat precies wat er gebeurde en toen Nina niet reageerde, liep Isabel haar dochters slaapkamer in en zag dat de deuren naar het balkon wijd openstonden. Ze trok de lakens terug, in de veronderstelling dat ze daar diep lag weggekropen. Nina was er niet en het laken zat onder het bloed. Toen Laura Isabel hoorde schreeuwen, rende ze de kamer in waar Isabel onder het slaken van vreemd hortende kreten naar het bed wees. Ze zag bleek, lijkbleek zelfs, en haar geraaskal klonk als 'botten' en 'haren' en 'ze is weg'; Laura kon er geen touw aan vastknopen.

Ze duwde Isabel de kamer uit en stelde voor om Nina in de tuin te gaan zoeken. Kleine vogeltjes waren op de rand van het zwembad neergestreken om van het groenige water te drinken. Op Mitchells stoel stond de geopende doos met resterende kersenbonbons van gisteren, volledig bedekt met mieren. Er lagen twee vochtige handdoeken op de ligstoelen en daartussen, als een stoorzender, de houten stoel die Isabel voor Kitty Finch had bijgezet. Joe's zwarte vulpen lag eronder.

Zo was de indeling van de ruimte sinds gisteren. Ze liepen langs de cipressen naar de verdorde tuin. Het had al in geen maanden geregend en Jurgen was vergeten de planten water te geven. De kamperfoelie was uitgedroogd, de aarde onder hun voeten was gebarsten en keihard. Onder de hoogste naaldboom zag Laura Nina's natte bikini liggen, op een bedje van dennennaalden. Toen ze zich vooroverboog om het badgoed op te pakken, deden de rode printkersjes haar onwillekeurig aan bloedspatten denken. Ze friemelde aan de kleine, roestvrijstalen rekenmachine in haar zak, die zij en Mitchell hadden meegenomen om hun boekhouding te kunnen doen.

'Nina is oké, Isabel.' Ze liet haar vingers over de toetsjes glijden alsof ze Nina weer tevoorschijn kon halen met de getallen en symbolen die ze op haar duimpje kende: de m+ en de m-, de x en de decimale komma. 'Ze is vast een eindje gaan wandelen. Ik bedoel, ze is al veertien, ze kan echt niet zijn ...' Bijna had ze 'afgeslacht' gezegd, maar op het laatste moment corrigeerde ze zich en zei 'weggetoverd'.

Isabel luisterde niet, want ze daverde zo snel en met zoveel kracht tussen de cipressen door dat de stammen minuten later nog steeds beefden. Laura keek naar de plotse bomenchaos. Alsof ze uit hun evenwicht waren gedrukt en niet wisten hoe ze hun voormalige vorm terug moesten krijgen.

Moeders en dochters

Het was drukkend warm en donker in de logeerkamer, de ramen waren gesloten en de gordijnen dichtgetrokken. Op het bergje drogend onkruid op de vloer zag ze een paar vieze teenslippers liggen. Kitty's rode haar was in dikke strengen over het vlekkerige kussen gedrapeerd, haar sproetenarmen stevig om Nina heen geslagen, die op haar beurt een knuffelkonijntje vastklemde, als een infantiele laatste schakel met haar kinderjaren. Isabel wist dat Nina net deed alsof ze sliep. Zo te zien gebruikte ze een wit damasten tafellaken als beddengoed. Het was net een lijkwade.

'Sta op, Nina.' Isabel klonk bitser dan haar bedoeling was.

Kitty opende haar grijze ogen. 'Nina kreeg vannacht haar eerste menstruatie en is bij mij in bed gekropen,' fluisterde ze.

De twee meisjes lagen loom tevreden in elkaars armen. Isabel zag dat het rijtje boeken op Kitty's plankje, zes in totaal, uitsluitend uit gedichtenbundels van haar echtgenoot bestond. Naast het bed stond een glaasje water met twee rozen nog in de knop. De rozen konden alleen afkomstig zijn uit de tuin van Madeleine Sheridan, wat haar manier was om een Engels tintje aan dit Franse landschap te geven. Ze herinnerde zich Kitty's merkwaardige opmerking gisteren, toen ze samen in het zwembad zaten. 'Ik beschouw Joe's poëzie boven alles als een gesprek dat met mij wordt gevoerd.' Wat voor soort gesprekken voerde Kitty Finch met haar echtgenoot? Was het beter om voet bij stuk te houden en haar dochter te gebieden deze kamer te verlaten? Het leek hier wel een broeikas. Kitty liet de temperatuur hoog oplopen voor haar planten, dat was duidelijk. Het meisje had hier een verhitte wanorde gecreëerd, met boeken en fruit en rozen, een substaatje op het domein van de vakantievilla waar knullig ingelijste prenten van Matisse en Picasso aan de muur hingen. Twee logge hommels gonsden rond in de gordijnen, op zoek naar een uitweg. De kledingkast stond open en Isabel zag in de hoek een glimp van een witte verenstola. Tenger en knap, met haar teenslippertjes en haar gerafelde zomer-jurkjes, wekte Kitty Finch de indruk zich overal thuis te voelen. Moest ze Nina naar haar eigen opgeruimde kamer sturen? Het leek bijna een daad van grof geweld om haar uit Kitty's armen te rukken. Ze boog zich voorover en drukte een kus op de zwarte, licht trillende wenkbrauw van haar dochter.

'Kom maar naar me toe als je wakker bent.'

Nina's ogen waren stijf toegeknepen. Isabel trok de deur achter zich dicht.

Jozef en Laura zaten in de keuken. Isabel vertelde dat ze Nina bij Kitty had aangetroffen.

'Ah, ik dacht al zoiets.' Haar man krabde zich in zijn nek en liep de tuin in om zijn vulpen te halen die, zo had Laura gezegd, 'onder Kitty's stoel was gerold'. Hij had een kussensloop om zijn naakte schouders geslagen waardoor hij op een zelfverklaarde heilige leek. Het katoen was bedoeld om zijn huid te beschermen tegen zonnebrand, maar toch werkte het Laura op de zenu-wen. Ze zag hem zijn vulpen inspecteren op beschadi-gingen. Ze trok de ijskast open. Mitchell had om een stukje oude kaas gevraagd waarmee hij de bruine rat wilde vangen die hij 's nachts door de keuken had zien trippelen. Het beest had van de salami geknaagd die aan een haak boven het aanrecht hing, en Mitch had hem moeten weggooien. Hij vond de rat niet eng, hij was vooral witheet dat het ondier de spullen opvrat die hij van zijn zuurverdiende centen had gekocht. Hij zag het als een persoonlijke aanval, alsof de rat zich een weg door zijn portemonnee had gevreten.

Vaders en dochters

Dus zijn vermiste dochter bleek bij Kitty in bed te liggen. Joe zat op zijn geïmproviseerde werkplek in de tuin te wachten tot zijn vingers ophielden met het dwangmatige paniekgekrabbel aan zijn nek. Door het keukenraam zag hij zijn vrouw zitten, in gesprek met Laura. Hij hijgde zwaar, hij vocht om zijn ademhaling onder controle te krijgen. Had hij echt gedacht dat Kitty Finch was doorgeslagen en zijn dochter aan mootjes had gehakt nu ze geen seroxat meer slikte? Zijn vrouw kwam tussen de cipressen door zijn kant op. Hij schuifelde met zijn voeten alsof hij enerzijds naar haar toe en anderzijds van haar weg wilde rennen. Hij wist niet meer welke kant hij op moest. Hij zou iets tegen haar kunnen zeggen, maar hij had geen idee hoe hij moest beginnen omdat hij niet wist hoe hij zou eindigen. Soms leek het wel alsof ze alleen naar hem kon kijken als ze haar gezicht achter haar zwarte haar verborg. En hij kon haar niet in de ogen kijken omdat hij haar zo vaak had bedrogen. Misschien was dit het moment om een poging te wagen en haar te zeggen dat hij begreep waarom ze haar jonge dochter thuis liet en verkoos in een tent te slapen waar het krioelde van de schorpioenen, of om te worden doodgeschoten in een oorlogszone – in haar zogenaamd veilige huis in Londen werd ze aan alle kanten door hem belazerd. Toch kon hij het feit niet negeren dat zijn dochter in haar eerste paar jaar op deze wereld vaak om mama had gehuild en dat had afgeleerd omdat mama toch niet kwam. Met als gevolg (en dit onderwerp keerde hij in zijn malende hoofd om en om en om) dat zijn dochters verdriet leidde tot bepaalde gevoelens bij hem, haar vader, waar hij niet op gepaste wijze mee om kon gaan. Hij had zijn lezers verteld dat hij door zijn voogd naar kostschool was gestuurd waar zijn klasgenoten alle bezoekdagen (elke zondag) hun ouders uitzwaaiden, en als zijn ouders hem ook een keer zouden hebben bezocht, was hij een eeuwigheid in de wielsporen van hun auto blijven staan die ze in het zand zouden hebben achtergelaten. Zijn ouders kwamen 's nachts, ze kwamen niet overdag. Ze verschenen in zijn dromen die hij direct vergat, al wist hij zeker dat ze naar hem op zoek waren. Hij maakte zich vooral zorgen dat hun Engels niet toereikend zou zijn om zich verstaanbaar te maken. Is onze zoon Jozef hier? We hebben de hele wereld naar hem afgezocht. Hij had om hen gehuild en dat afgeleerd omdat zijn ouders toch niet kwamen. Hij keek naar zijn intelligente echtgenote met haar zongebruinde huid en het donkere haar waar haar gezicht achter schuilging. Dit zou het gesprek worden dat ergens of nergens toe leidde, maar wat hij zei kwam er verkeerd uit. Het was te vrijblijvend en te verknipt. Hij hoorde zichzelf vragen of ze van honing hield.

'Jawel. Hoezo?'

'Omdat ik zo weinig van je weet, Isabel.'

Hij zou zijn knuist in elke holte van elke boomstam steken om honingraten eruit te vissen en die aan haar voeten leggen als ze daardoor wat langer bij hem en haar jonkie zou blijven. Ze kwam vijandig en eenzaam over, en hij begreep waarom. Ze gruwde van hem. Ze zat nog liever bij Mitchell.

'Het belangrijkste doel van deze vakantie is ervoor

zorgen dat het goed gaat met Nina,' hoorde hij haar zeggen.

'Natuurlijk gaat het goed met haar,' snauwde hij. 'Ik zorg al vanaf haar derde voor haar en dat gaat toch verdomme goed?'

En toen pakte hij zijn schrijfblok en de zwarte vulpen die hij die ochtend had teruggevonden, wetende dat hij Isabel had verslagen, zoals altijd wanneer hij deed alsof hij ging schrijven, zoals altijd wanneer hij zijn dochter ter sprake bracht. Het waren zijn wapens om zijn vrouw het zwijgen op te leggen en haar aan zijn zijde te houden, om zijn gezin intact te houden, weliswaar beschadigd en vijandig, maar nog altijd één gezin. Zijn dochter was zijn enige triomf in dit huwelijk, het enige wat hij goed had gedaan.

– *jaja ja zei ze ja ja ja ze hield van honing* – zijn pen kraste de woorden agressief op het papier terwijl hij met zijn ogen het gefladder van de witte vlinder boven het zwembad volgde. Het was als ademen. Het was een mirakel. Een wonder. Zowel hij als zijn vrouw wist dingen die anderen onmogelijk konden bevatten. Ze hadden allebei de onderkant van het leven gezien. Isabel registreerde en observeerde catastrofes opdat de mensheid die zou onthouden. Hij probeerde ze te vergeten.

Stenen verzamelen

'Er zit een gaatje in het midden.'

Kitty gaf de handgrote steen door aan Nina, zodat ze erdoorheen kon turen. Ze zaten op het gewone strand van Nice, aan de Promenade des Anglais. Volgens Kitty kostten de ligbedden en parasols op de privéstranden een fortuin. Bovendien vond ze de zonaanbidders die rij aan rij op strandbedden lagen griezelig veel op ziekenhuispatiënten lijken. De felle zon brandde roze plekken in haar wasbleke huid.

Nina keek gehoorzaam door het gat in de steen. Ze zag een lachende jonge vrouw met een paars edelsteentje in haar voortand. Ze draaide de steen om en toen was dezelfde vrouw bezig een tas etenswaren uit te pakken. Er zat een andere vrouw bij haar op een lage, gestreepte vouwstoel die een grote witte hond aan de lijn hield. De hond leek op een sneeuwwolf. Een husky met blauwe ogen. Door het gat in de steen staarde Nina naar die blauwe ogen. Ze wist het niet zeker, maar ze dacht dat ze de hond de schoenveters van de vrouw met de juweelvoortand los zag maken. Nina bekeek het tafereel in fragmenten om en om door het gat in de steen. Toen ze opnieuw keek, zag ze dat de vrouw met het zwarte T-shirt maar één arm had. Ze draaide de steen weer om en tuurde met halfgesloten oog door het gat. Vlak bij de gestreepte stoel stond een met schelpen versierde rolstoel. De vrouwen kusten elkaar. Als geliefden. Nina's ademhaling versnelde bij de aanblik van die twee vrouwen in hun omhelzing. Ze had de hele vakantie nagedacht over het moment dat zij en Claude alleen zouden zijn. Hij had haar uitgenodigd in zijn eetcafé voor een zogeheten 'aperitief'. Ze wist niet precies wat het was en bovendien was er iets gebeurd waardoor alles was veranderd.

Toen ze vannacht wakker werd, merkte ze dat ze voor het eerst ongesteld was geworden. Ze had het aangedurfd haar bikini aan te trekken – het was sowieso het enige kledingstuk dat ze kon vinden – en ze had bij Kitty aangeklopt om haar het nieuws te vertellen. Kitty was nog wakker, ze lag onder een oud tafelkleed en had een van haar jurken opgerold bij wijze van hoofdkussen.

'Het is zover.'

Eerst wist Kitty niet waar ze het over had. Daarna had ze haar hand gepakt en waren ze de tuin in gerend. Nina kon haar eigen schaduw zowel in het zwembad als in de lucht zien. Haar schaduw was heel lang, zonder begin of einde, en leek zich oneindig ver uit te strekken. Ze wilde zwemmen en toen Kitty volhield dat een beetje bloed niet uitmaakte, waagde ze het haar bikini uit te trekken, terwijl ze haar tweelingschaduw de bandjes met meer bravoure omlaag zag doen dan de echte Nina daadwerkelijk voelde. Ook zij sprong in het water waar ze zich onder de bladerlaag verstopte die op het wateroppervlak dreef, nog onzeker over haar naakte lichaam omdat het was veranderd in iets wat ze als buitenaards en onwezenlijk ervoer.

Kitty zwom naar haar toe en attendeerde haar op de zilverkleurige slakken op de tegels. Ze zei dat de sterren alles met hun poeder toedekten. Er lagen stukjes verpulverde ster op de slakken. En toen knipperde ze met haar ogen.

K k k k k knipperde.

Naakt en rechtop in het water beeldde Nina zich in dat ze een ernstige spraakstoornis had en hield in gedachten een stotterbetoog. Ze voelde zich iemand anders. Als iemand die net was begonnen. Iemand die zij niet was. Ze voelde zich ondraaglijk gelukkig en stak haar hoofd onder water om het mirakel van Kitty's aanwezigheid te vieren. Ze was niet meer alleen met Laura en Mitchell en haar moeder en vader van wie ze nooit zeker was of ze elkaar mochten, laat staan van elkaar hielden.

Nina gooide de steen in de golven, wat Kitty kennelijk niet leuk vond. Ze stond abrupt op en trok haar ook overeind.

'Nu moet ik meer stenen zoeken. Je hebt net een perfect exemplaar weggegooid.'

'Waarvoor heb je ze nodig?'

'Als studieobject.'

Nina liep moeilijk op haar gymschoenen. De blaren op haar hielen schuurden gemeen. 'Die stenen zijn veel te zwaar,' gromde ze. 'Ik wil nu weg.'

Kitty zweette. Haar adem was zoet.

'Nou, sorry dat ik je kostbare tijd zit te verdoen. Heb jij weleens een vloer geboend, Nina? Op handen en knieën met een dweil in je handen terwijl je moeder staat te krijsen dat je de hoeken niet mag overslaan? Heb je weleens een trap gestofzuigd of de vuilnis buitengezet?'

Het verwende meisje in haar dure korte broek (Kitty had het merklabel gezien) en met haar dat altijd werd geknipt voor er dode puntjes in verschenen, was veertien geworden zonder dat ze ooit een vinger had hoeven uitsteken.

'Je kunt wel wat reële problemen gebruiken om in je vakantiekoffer mee terug te nemen naar je fijne huis in Londen.'

Ze smeet de rugzak met stenen neer en liep zomaar de zee in, in haar botergele jurkje dat haar altijd zo vrolijk maakte, zei ze. Nina zag haar in de golven duiken. Het huis in Londen was minder fijn dan Kitty suggereerde. Haar vader zat altijd in zijn werkkamer. Doordat haar moeder altijd weg was, leek het met al die rijen schoenen en jurken in haar kledingkast alsof ze niet meer leefde. Toen ze zeven was en voortdurend hoofdluis had, rook het hele huis naar magische elixers die ze van haar moeders gezichtscrèmes en haar vaders scheerschuim brouwde. In hun grote pand in West-Londen rook het wel naar meer dingen. Zoals naar de vriendinnetjes van haar vader en naar hun shampoos. En naar het parfum van haar vader dat speciaal voor hem werd vervaardigd door een vrouw in Zwitserland, die getrouwd was met een man die twee showpaarden in Bulgarije had. De parfums konden volgens hem 'zijn bewustzijn verruimen'. Met name zijn favoriet dat Water uit Bulgarije werd genoemd. Nina's fijne huis rook naar zijn speciale status en naar de lakens die hij altijd in de wasmachine stopte als zijn vriendinnetjes 's morgens waren vertrokken. En naar de abrikozenjam die hij met lepels vol direct uit het potje at. Hij zei dat dat de weersomstandigheden in zijn binnenste veranderde, maar Nina wist nooit precies wat hij daarmee bedoelde.

Ze had slechts een vermoeden. Soms, als ze onaangekondigd zijn werkkamer in liep, trof ze een tragische man aan, voorovergebogen in zijn kamerjas, zwijgend en beweginloos alsof hij verstard was. Ze was gewend geraakt aan de dagen dat hij aan zijn stoel zat geklonken en weigerde haar aan te kijken of zelfs maar op te staan, nachtenlang. Ze deed dan de deur van zijn kamer dicht en bracht hem bekers thee die hij nooit opdronk, omdat ze er nog steeds stonden (met een beige vliesje erop) als ze tegen hem praatte door de dichte deur of om lunchgeld of om zijn handtekening vroeg op de formulieren voor schoolreisjes. Uiteindelijk was ze de formulieren zelf maar gaan ondertekenen, met zijn vulpen, wat de reden was dat ze altijd wist waar de pen lag, meestal onder haar bed of ondersteboven tussen de tandenborstels in de bekerhouder in de badkamer. Ze had een handtekening gefabriceerd die ze makkelijk kon kopiëren, J.H.J. met punten tussen de letters en de tweede J met een zwierige uithaal. Na zo'n periode kikkerde hij altijd weer op en nam haar dan mee naar Angus Steak House, waar ze altijd op hetzelfde bankje met de verschoten roodfluwelen bekleding gingen zitten. Ze praatten nooit over zijn jeugd, nooit over zijn vriendinnetjes. En dat kwam niet eens omdat ze een soort van geheim pact hadden gesloten. Ze beschouwde het meer als een soort glassplintertje in haar voetzool; permanent zeurderig aanwezig maar niet iets waarmee ze niet kon leven.

Toen Kitty terugkwam, haar gele jurk drijfnat, zei ze iets wat werd overstemd door de husky die naar een meeuw blafte. Nina zag Kitty's lippen bewegen, en met een steek van pijn besefte ze dat ze nog steeds kwaad was of dat er iets anders aan de hand was. Ze liepen naar de auto. 'Ik heb morgen een afspraak met je vader, in het eetcafé van Claude. Hij wilde het over mijn gedicht hebben. Ik ben hartstikke zenuwachtig, Nina. Ik had dit nooit moeten doen, ik had gewoon een zomerbaantje in Londen moeten nemen. Waar ben ik aan begonnen?'

Nina luisterde niet. Ze had net een jongen in een zilverkleurige korte broek gezien, rollerskatend over de boulevard, een zak citroenen onder zijn gebruinde arm geklemd. Hij leek een beetje op Claude, maar het was hem niet. Achter haar hoorde ze het wanhopige angstgekrijs van een vogel, maar ze durfde niet om te kijken. Die sneeuwwolf of husky, wat was het, had de meeuw misschien wel te pakken gekregen. Misschien ook niet, en bovendien kreeg ze net de oude dame in het vizier die in het huis naast dat van hen woonde. Ze liep over de promenade en was in gesprek met Jurgen, die een zonnebril ophad met paarse, hartvormige glazen. Nina riep hen en zwaaide.

'Daar is Madeleine Sheridan, onze buurvrouw.'

Kitty keek op. 'Ik ken haar wel. Ouwe heks.'

'O ja?'

'Ja. Ze noemt me Katherine en heeft me bijna vermoord.'

Kitty had het nog niet gezegd of ze deed zoiets griezeligs dat Nina zichzelf voorhield dat ze het vast verkeerd had gezien. Ze boog zich zo ver achterover dat haar koperkleurige krullen tot haar knieholten reikten en zwiepte driftig haar hoofd heen en weer terwijl ze haar handen met spastische trekken voor haar gezicht liet wapperen. Nina kon de vullingen in haar gebit zien. Toen richtte ze zich weer op en stak haar middelvinger naar Madeleine Sheridan op.

Kitty Finch was niet goed snik.

Medische Hulp uit Odessa

Madeleine Sheridan zocht naar muntgeld voor de Mexicaan. Ze had net karamelnoten bij zijn stalletje op de boulevard gekocht. De geur van gebrande suiker had haar doen verlangen naar de noten die hopelijk haar einde zouden bespoedigen. Haar nagels brokkelden af, haar botten werden steeds brozer, haar haar steeds dunner en haar taille was voorgoed verdwenen. De ouderdom had haar de gedaante van een pad gegeven, en de gek die haar nog durfde te kussen zou haar nooit in een prinses kunnen terugveranderen omdat ze überhaupt nooit een prinses was geweest.

'Die vervloekte muntjes. Welke is dit, Jurgen?' Voordat hij antwoord kon geven, fluisterde ze: 'Zag je dat Kitty Finch net *dat gebaar* naar mij maakte?'

Hij haalde zijn schouders op. 'Jawel. Kitty Ket wil je iets duidelijk maken. Maar nu heeft ze het leuk met haar nieuwe vrienden. Ik moet een paard voor Nina reserveren zodat ze een eind kan galopperen. De Ket neemt haar mee.'

Madeleine gaf hem een arm en liet zich – iets te snel – naar een van de strandpaviljoens loodsen. Hij was de enige met wie ze uitvoerig over haar leven in Engeland sprak en hoe ze aan haar huwelijk was ontsnapt. Ze kon zijn permanente drugsroes wel waarderen, hij velde nooit ergens een oordeel over. Ondanks hun leeftijdsverschil genoot ze van zijn gezelschap. Zijn leven bestond uit teren op andermans zak en vertrouwen op zijn goede gesternte. Hij liet haar in haar waarde, zodat ze zich niet zo'n uitgerangeerd oudje voelde. Maar dat kwam waarschijnlijk omdat hij nooit goed luisterde.

Vandaag luisterde ze echter amper naar hem. De komst van Kitty Finch was geen goed nieuws. Het meisje spookte door haar hoofd terwijl ze naar de motorboot staarde die witte schuimlittekens op de kobaltblauwe zee maakte. Toen Jurgen een tafeltje in de schaduw had gevonden en haar in een stoel had geholpen die beslist te klein was voor een pad, realiseerde hij zich kennelijk niet dat ze haar lichaam in een pijnlijke bocht moest wringen. Dat was niet attent van hem, maar ze was te zeer van slag door de houding van Kitty Finch om er aanstoot aan te nemen.

Ze probeerde rustig te worden door Jurgen over te halen zijn zonnebril af te zetten.

'Het is alsof ik in twee donkere gaten staar, Jurgen.'

Over vier dagen was ze jarig en met deze hitte had ze dorst, razende dorst. Ze verheugde zich al weken op hun lunchafspraak. Ze had die ochtend speciaal naar het restaurant gebeld om te vragen wat er op het menu stond, waar hun tafel stond en of de maître d'hôtel in ruil voor een flinke fooi een parkeerplek vlak voor de entree kon vrijhouden. Ze schreeuwde haar bestelling naar een kelner: whisky voor haar, cola voor Jurgen, die om spirituele redenen geen alcohol dronk. Het viel niet mee om als oude vrouw de aandacht te trekken van een kelner die het druk had met topless meisjes die in hun string lagen te zonnebaden. Ze had iets gelezen over yoga-*siddha's* die zich middels concentratie en meditatie onzichtbaar wisten te maken. Kennelijk lukte het haar prima zonder dat soort training. Ze stak haar ar-

men in de lucht alsof ze een vliegtuig naar een onbe-
woond eiland delegeerde. Jurgen wees naar de accorde-
onspeler uit Marseille, die in zijn veel te grote zwarte
pak zat te zweten op een houten kistje naast de lawaai-
erige flipperkast.

'Hij heeft vanmiddag een optreden op een bruiloft,'
zei de bijenhouder uit Valbonne tegen me. 'Als ik ging
trouwen, zou ik hem ook vragen om op mijn trouwfeest
te spelen.'

Madeleine Sheridan nipte van haar moeizaam ver-
worven whisky. Ze verbaasde zich over de emotie in
Jurgens overslaande stem.

'Trouwen is geen goed idee, Jurgen.'

Helemaal niet zelfs. En (alweer) vertelde ze het verhaal over de twee grootste omwentelingen in haar leven: haar familie achterlaten om medicijnen te gaan
studeren en haar man verlaten om in Frankrijk te kunnen wonen. Ze was tot de conclusie gekomen dat ze
niet genoeg van Peter Sheridan hield en verruilde haar
respectabele maar ongelukkige leven voor het respectabele ongelukkige leven van een vrouw die de liefde
uit haar leven had gebannen. Maar nu ze naar haar
tafelgenoot keek, wiens stem trilde en stokte en ha-
perde, bleek die in zijn hart (beschadigd door te veel
sigaretten) graag in het huwelijksbootje te willen stap-
pen, alleen maar om de cirkel van zijn leven rond te
kunnen maken. Ze ervoer dat als een belediging. Ze
moest denken aan de dag dat ze over het strand van
Villefranche liepen, waar op dat moment een bruiloft
in het haventje werd gevierd. De bruidsmeisjes waren
gekleed in gele imitatiezijde en de bruid zelf in crème-
kleurig met geel satijn. Ze had hardop smalende op-

merkingen gemaakt, maar wat had Jurgen de hippie gezegd?

'Ach, gun ze een kans.'

En dat van dezelfde man die enkele maanden geleden nog tegen zijn vriendin had gezegd dat niets voor het huwelijk pleitte. De vriendin geloofde hem niet en nam hem mee naar een Argentijnse barbecue waar ze hem een aanzoek deed. Stapels geurig hout. Grote hompen vlees direct van de pampa werden op het vuur gemikt. De vriendin zat rood vlees te schransen tot ze merkte dat Jurgen zijn bord niet aanraakte. Opeens herinnerde ze zich dat hij een militante vegetariër was. Misschien had ze iets te luid gelachen toen hij dat vertelde.

'Volgens mij wil Kitty Finch me wat aandoen.'

'Ach, nein.' Jurgen grimaste alsof hij ergens pijn had. 'De Ket, zij is alleen een gevaar voor zichzelf. Claude vroeg waarom madame Jacobs haar had gevraagd om te blijven. Ik heb geen idee.'

Ze staarde naar haar vriend met haar melkige, bijziende ogen. 'Wie weet wil ze dat mooie geschifte meisje als lokaas voor haar echtgenoot gebruiken zodat ze bij hem weg kan.'

Jurgen wilde opeens een drankje voor de accordeonist bestellen. Hij riep de kelner en vroeg hem een biertje te tappen voor die man in dat te grote pak. Madeleine keek naar de kelner die iets bij de muzikant in zijn oor fluisterde en ze probeerde er niet meer aan te denken hoe ze Kitty Finch had ontmoet in de tunnel bij de bloemenmarkt op de Cours Saleya, vier maanden geleden. Het was een van de dingen op de waslijst van gebeurtenissen die ze wilde vergeten.

Ze had het Engelse meisje met de vlammend rode manen op een koele lenteochtend aangetroffen, toen ze op weg was naar de winkel om twee stukken marseillezeep te kopen; het ene met palmolie en het andere met olijfolie, allebei met zeewier uit de Middellandse Zee erin verwerkt. Kitty zat ontkleed op een kistje met overrijpe pruimen die de kooplui aan het eind van de dag wegsmeten, en ze praatte in zichzelf. De daklozen die in de tunnel sliepen lachten haar uit en maakten schunnige opmerkingen over haar naakte lichaam. Toen Madeleine Sheridan haar vroeg wat er met haar kleren was gebeurd, zei ze dat die op het strand lagen. Madeleine bood aan naar het strand te rijden om haar kleren te halen. Kitty moest op het kistje blijven zitten en op haar wachten. Daarna zou ze haar naar de vakantievilla brengen, waar Kitty op dat moment verbleef om bergplanten te bestuderen. Als Rita Dwighter het huis niet had verhuurd aan gepensioneerde effectenhandelaren, logeerde Kitty er wel vaker omdat haar moeder vroeger bij Rita schoonmaakte. Mevrouw Finch was Rita Dwighters rechterhand, secretaresse en kokkin maar voornamelijk haar werkster, omdat ze altijd een zwabber vasthield.

Kitty Finch schreeuwde dat ze weg moest gaan, anders zou ze de politie erbij halen. Madeleine Sheridan had haar aan haar lot kunnen overlaten, maar dat deed ze niet. Kitty was te jong om in zichzelf te zitten praten, omringd door wezenloze kerels die naar haar borsten staarden. Het gestoorde meisje veranderde tot haar verbazing opeens van mening. Ze zei dat ze haar spijkerbroek, T-shirt en favoriete schoenen, die met de rode stippen, op het strand tegenover Hotel Negresco had laten liggen. Kitty leunde naar voren en fluisterde in haar oor: 'Dank je. Ik wacht hier op je.' Madeleine Sheridan was de hoek omgelopen en had direct een ambulance gebeld zodra Kitty haar niet meer kon horen.

Haar eigen diagnose van Katherine Finch was: zenuwaanval, gewichtsverlies, slaapgebrek, agitatie, suïcidale neigingen, somberheid, concentratiestoornis.

De muzikant hief dankbaar zijn glas naar de man met de slangensmalle heupen die met de oude vrouw aan tafel zat.

Kitty Finch had de diagnose overleefd. Haar moeder nam haar mee naar Engeland waar ze twee maanden in een ziekenhuis in Kent verbleef. De verpleegsters kwamen uit Litouwen, Odessa en Kiev. In hun witte uniformen leken ze wel sneeuwvlokjes op de groen geschoren gazons van de ziekenhuistuin. Dat was wat Kitty Finch tegen haar moeder vertelde en mevrouw Finch tegen Madeleine, die tot haar verbijstering hoorde dat de verpleegsters tijdens hun lunchpauze de ene sigaret met de andere aanstaken.

Jurgen porde haar behoedzaam met zijn elleboog. De accordeonist uit Marseille speelde een wijsje voor haar. Ze was te zeer van slag om ernaar te luisteren. Kitty had het overleefd en was teruggekomen om zich te wreken. Misschien zelfs om haar te doden. Waarom zou ze hier anders zijn? Ze vond Kitty niet de aangewezen persoon om Nina met de auto naar het strand te brengen of over gevaarlijke bergwegen te rijden. Eigenlijk zou ze dit moeten aankaarten bij Isabel Jacobs, maar ze kon er zichzelf niet toe zetten. Ze voelde zich deels schuldig omdat ze alleen maar twee stukjes zeep had willen kopen en opeens met een telefoon in haar hand had gestaan om de ambulance te bellen. Maar ja, Madeleine vreesde het ergste omdat het meisje bloot op straat onder het incoherente gekraai van rare liedjes alle kanten op had gesprongen. Ze kon gewoonweg niet geloven dat iemand niet van zijn eigen incoherente gekwetter verlost wilde worden.

Toen de accordeonist naar Jurgen knikte, begreep de conciërge dat het geluk aan zijn zij was. Hij zou hasj kunnen kopen en die samen met Claude oproken en de Rivièra achter zich laten terwijl de toeristen daar juist naartoe wilden. Hij zette zijn paarse zonnebril weer op en zei tegen Madeleine Sheridan dat hij vandaag heel, heel blij was maar ook ietwat geplaagd werd door krampjes. Zijn darmen zaten verstopt en dat kwam vast omdat hij zijn dromen niet had nageleefd. Wat zijn dromen waren? Hij nam een slok cola en zag dat de Engelse arts zich speciaal voor deze lunch had gekleed. Ze had lippenstift opgedaan en haar haar, of wat er nog van over was, opgestoken. Hoe kon hij deze vrouw opbiechten dat het zijn droom was om de lotto te winnen en met Kitty Ket te trouwen?

Dinsdag

Lezen en schrijven

Joe Jacobs lag op zijn rug op het bed in de kamer die in de handleiding 'de ouderlijke slaapkamer' werd genoemd. Hij had ontzettende zin in curry, en wat had hij nu graag bij zijn Hindoestaanse kleermaker in zijn atelier in Bethnal Green gezeten. Omringd door balen zijde. Met een beker zoete thee. Wat hij met name miste aan de Franse Rivièra was de *dhal*. De rijst. Yoghurt. En de Engelse bussen. Hij miste de dubbeldekkers. En de kranten. De weerberichten. In zijn werkkamer in Londen zette hij weleens de radio aan om naar de weersvoorspellingen te luisteren voor Schotland, Ierland en Wales. Het gaf hem een behaaglijk gevoel als de zon in West-Londen scheen terwijl het in Schotland en Wales sneeuwde of regende. Hij moest opstaan, hij kon beter niet blijven liggen. Nee, het was zelfs erger: hij moest opstaan om het gedicht van Kitty Finch te zoeken. In de verte hoorde hij geweerschoten; Mitchell joeg in de boomgaard op konijnen. Hij liet zich op één knie zinken en tastte onder het bed naar de envelop die hij had weggeschopt. Hij hield de gekreukte envelop in zijn hand en staarde naar de titel in het keurige, vakbekwame handschrift van een botanicus die ervaring heeft met het natuurgetrouw natekenen van planten om ze vervolgens een naam te geven.

Terug naar huis
door
Kitty Finch

Toen hij eindelijk het vel papier uit de envelop had gepeuterd, merkte hij tot zijn verrassing dat zijn handen trilden, op dezelfde manier als zijn vaders handen hadden getrild als hij lang genoeg had geleefd om op hoge leeftijd nog steeds ketels te repareren. Hij hield het papier dicht bij zijn ogen en dwong zichzelf de woorden op te nemen die op de lijntjes dansten. Daarna hield hij het verder van zijn gezicht af en las het opnieuw. Er was geen invalshoek om het beter te kunnen begrijpen. Haar woorden schoten alle kanten op; ze zwommen langs de randen van het papier, verdwenen soms helemaal om ten slotte in het hart van de gelinieerde bladzijde samen te komen met een droevige, laatste boodschap. Wat voor reactie hoopte ze van hem te krijgen? Hij begreep er niets van.

Voor de villa was een mobiele viskraam tot stilstand gekomen en via een luidspreker op het dak bulderde een stem welke vissoorten ze verkochten. Sommige waren *grand*, andere *petit*. Sommige kostten zes francs, andere dertien. Niet één was terug naar huis gezwommen. Alle vissen waren gevangen toen ze op weg naar huis waren. Het plakbandje op de flap van de envelop deed hem aan een pleister op een schaafwond denken. Hij haalde diep adem en blies langzaam uit. Hij moest opschieten voor hun lunchafspraak. Hij voelde of zijn

portemonnee in zijn zak zat en schoof met zijn voet de
envelop weer terug onder het bed, in zichzelf mompelend dat hij de dinsdagen zo verfoeide. En de woensda-
gen, en de donderdagen, de vrijdagen, etc.

et cetera

Een Latijnse uitdrukking die 'enzovoort' betekende
of 'van die dingen' of 'noem maar op'. Het gedicht *Te-*
rug naar huis bestond voornamelijk uit etc. – hij had er
alleen al op de eerste helft van de bladzijde zeven geteld.
Wat voor taal moest dat voorstellen?

> *Mijn moeder zegt dat ik het enige juweel in*
> *haar kroon ben Maar ik heb haar vermoeid*
> *met al mijn etc.*
> *Dus nu loopt ze met stokken*

Het accepteren van haar taal betekende erkennen dat
zij hem, haar lezer, hoog in het vaandel had staan. Hem
werd verzocht er iets uit te halen, en wat hij eruit haalde, was dat elke etc. iets onuitsprekelijks verborg.

Kitty zat op het terras van Claudes eetcafé op hem te
wachten. Tot zijn ergernis zat Jurgen tegenover haar
aan het tafeltje, die een koordje tussen zijn vingers hield
waarmee hij een soort spinnenweb probeerde te span-
nen. Hij had begrepen dat Jurgen zich als haar waak-
hond opstelde, eentje die nog net niet zijn tanden liet
zien aan indringers, maar die zich zowel bezitterig als
beschermend gedroeg. Blijkbaar was Jurgen vergeten
dat Kitty Finch zich juist aan hem, Joe, had opgedron-
gen. Hij zat daar om iedereen die in de buurt van Kitty
kwam te besnuffelen of ze vriendelijke cafébezoekers

waren of lastpakken. Erg aardig was ze niet tegen hem. Alsof ze aanvoelde dat hij waakser bleef als ze hem niet aaide.

'Hallo, Joe.' Kitty glimlachte. Haar voorhoofd zag eruit alsof iemand er een gloeiende strijkbout op had gezet. Ze had rood haar en haar bleke huid was niet bestand tegen de felle zon.

Hij knikte haar toe en de muntjes in zijn zak rammelden toen hij een stoel nam. 'Heb je weleens van sunblock gehoord?' zei hij op vaderlijke toon.

Claude kwam naar hun tafel. Hij leek met de dag meer op Mick Jagger en deed zijn best dit genetische geschenk te cultiveren. Hij zette een fles bronwater en een paar glazen neer, en Joe zag zijn kans schoon om met prietpraat het 'gedicht', dat hij onder zijn bed tussen de kakkerlakken etc. had geschopt, niet ter sprake te hoeven brengen.

'Heb jij dit besteld?' vroeg hij aan Kitty.

Ze schudde haar hoofd en trok een gezicht naar Claude. Joe hoorde zichzelf foeteren op de jongen met zijn volle mond.

'Wat is er mis met kraanwater?'

Claude wierp hem een misprijzende blik toe. 'Kraanwater zit vol hormonen.'

'Welnee. Bronwater is een truc om toeristen geld uit hun zak te kloppen.'

Joe hoorde Claude in de lach schieten. Het enige andere geluid kwam van de vogels. En het nerveuze geneurie van Kitty Finch, die sowieso veel weg had van een vogeltje of een of ander verschijnsel uit een sprookje. Hij focuste zich expres op Claude om haar niet aan te hoeven kijken.

'Zeg, meneer, krijgt men het in dit land niet eens voor elkaar fatsoenlijk drinkwater te produceren?'

Met het air van een derderangs pooier die met nieuwe diamanten manchetknopen wilde pronken, slenterde Claude naar de honden die onder de kastanjeboom lagen te slapen en draaide de dop van de waterfles. Hij knipoogde naar Jurgen terwijl hij het water in de aardewerken kommetjes bij hun voorpoten goot. De honden slobberden even onverschillig uit hun bak en dommelden weer in slaap. Claude gaf ze een aai en liep het eetcafé in. Even later kwam hij terug met een glas lauw kraanwater, dat hij aan de Engelse dichter gaf.

Joe hield het glas tegen de zon. 'Nou,' brieste hij tegen de conciërge, die nog steeds met het koordje zat te friemelen, 'dit glas water komt vast uit een goor moeras.' Hij dronk het in één teug leeg en wees ernaar. 'Dit is water. Dit water vind je in zeeën en op de poolkappen ... Je vindt het in wolken en in rivieren ... Het zal ...'

Claude knipte met zijn vingers onder de neus van de dichter. 'Dank u zeer voor dit lesje geografie. Maar wat we echt willen weten, is of u het gedicht van onze vriendin hier hebt gelezen.' Hij wees naar Kitty. 'Ze zegt dat u een gerenommeerd dichter bent en dat u zo vriendelijk was uw mening te geven.'

Nu moest Joe wel naar Kitty Finch kijken. Haar grijze ogen die soms groen leken kregen in haar roodverbrande gezicht nog meer glans. Claudes interventie had haar totaal niet in verlegenheid gebracht. Ze leek eerder geamuseerd, dankbaar zelfs. Joe bedacht dat dit de rotste dag van zijn vakantie was. Hij was te oud en had te veel aan zijn hoofd voor dit dorp vol idioten die meer gefascineerd waren door hem dan vice versa.

'Dat wordt een privégesprek tussen twee schrijvers,' zei hij op kalme toon tegen niemand in het bijzonder.

Kitty keek blozend naar haar voeten. 'Vind je me een schrijver?'

Joe fronste. 'Ja, volgens mij ben je dat wel, ja.'

Hij staarde nerveus naar Jurgen, die kennelijk alleen maar oog had voor zijn complexe spinnenwebje. De honden slobberden het dure bronwater in hun bakken op. Claude verdween kwiek in het café. Binnen hing een poster van Charlie Chaplin, zijn spierwitte gezicht onder de spotlights, wandelstok tussen de benen. *Les Temps Modernes*, stond eronder. Pal ernaast lag een rubberen opblaaspop van E.T., zijn rimpelige buitenaardse babynek opgetooid met een plastic bloemenslinger. Claude gooide de gekookte aardappels van de vorige dag in het eendenvet en hield ondertussen door het raam de dichter en Kitty Ket in de gaten.

Kitty leunde naar voren en raakte Joe's schouder aan. Het was een vreemd gebaar. Alsof ze wilde voelen of hij er wel echt zat.

'Ik heb al je boeken in mijn kamer.'

Het klonk enigszins dreigend. Alsof hij haar iets was verschuldigd omdat ze zijn boeken bezat. Haar koperkleurige krullen vielen over haar schouders, een ongeborstelde wanorde als een prachtige droom die hij zelf had kunnen verzinnen om zich lekker te voelen. Hoe kon iemand zo mooi zijn? Ze rook naar rozen. Haar lichaam was zacht en slank en soepel. Ze was interessant en beeldschoon. Ze hield van planten. Ze had groene vingers. En, meer letterlijk, groengelakte vingernagels. Ze bewonderde hem, hunkerde naar zijn aandacht en intrigeerde hem; hij had haar gedicht niet eens hoeven lezen, hij begreep het zo wel.

Claude, weer de onpartijdige gedienstigheid zelve, zette een groene salade en gebakken aardappelen op hun tafel. Joe pakte een aardappel en dipte hem in de mosterd.

'Ik heb nagedacht over de titel, *Terug naar huis*.' Hij zei het terloops, nonchalanter dan hij zich voelde. Hij verzweeg hoezeer die titel hem had beziggehouden. Het rechthoekige zwembad dat in rotsige bodem bij de villa was uitgehakt, deed hem aan een doodskist denken. Een drijvende, geopende kist met onderwaterverlichting waarvoor Jurgen sinds hun aankomst al tweemaal vloekend de lampen had moeten vervangen. Een zwembad dat gewoon een gat in de grond was. Een graf gevuld met water.

Twee paragliders zweefden met behulp van gele zijde tussen de bergen door. De smalle dorpsstraatjes met de kasseien waren verlaten. De paragliders streken bij de rivier neer in plaats van op de basis vijf kilometer verderop.

Kitty propte het ene na het andere slablaadje in haar mond. Een mager katje wreef zich spinnend tegen haar benen toen ze wat aardappels onder het tafeltje wierp. Ze leunde naar voren.

'Ik ben in het afgelopen jaar veranderd. Ik begin dingen te vergeten.' Toen ze fronste, zag hij dat ze op haar verbrande voorhoofd begon te vervellen.

'Wat voor dingen?'

'Ik kan het me niet heh heh heh heh heh.'

Ze was geen dichter. Ze was een gedicht. Ze stond op het punt in tweeën te breken. Hij dacht dat ze door zijn gedichten vu-vu-vu-verliefd op hem was geworden. Het was ondraaglijk. Hij trok het niet. Ze probeerde zich nog steeds te herinneren hoe ze herinneren moest zeggen.

Als hij niet met haar over haar gedicht kon praten, wat stelde hij dan nog voor? Hij kon dan net zo goed naar het platteland verhuizen en op het dorpsfeest het rad van avontuur bedienen. Hij kon dan net zo goed boeken schrijven over de oude loyale chauffeur van een stoffige oldtimer in de nadagen van een imperium.

Ze was een scherpzinnige lezer en ze was getroebleerd en ze was suïcidaal, maar wat wilde hij dan voor lezerskring? Mensen die braaf hun groenten aten, met een vast maandsalaris en een pensioenplan, abonnement op de sportschool en een bonuskaart van hun vaste supermarkt?

Haar blik, de adrenaline ervan was als een vlek, de etc. in haar gedicht een helder licht, een hoog geluid. En alsof dat alles bij elkaar al niet angstaanjagend genoeg was, had ze daarnaast oog voor kleine alledaagse details, van pollen tot stervende bomen en diereninstincten, van de inspanning om zich als doodnormaal voor te doen tot zijn manier van lopen (hij had zijn reuma geheimgehouden voor zijn gezin) en de stemmingswisselingen en andermans gevoelens, van hen allemaal. Gisteren had hij haar een paar bijen uit een lantaarnglas zien bevrijden, alsof zij daar zelf in gevangenzat. Ze was een hoogst ontvankelijke sensor, een onderzoeker, een avonturier, een nachtmerrie. Elk moment in haar gezelschap had urgentie, alles wat ze zei was te confronterend, te ongepolijst, te waar.

Er zat niets anders op dan te liegen.

'Sorry, Kitty, ik heb je gedicht nog niet gelezen. En ik heb een deadline bij mijn uitgever. En over drie maanden een lezing in Krakau. En ik heb Nina beloofd vanmiddag met haar te gaan vissen.'

'Oké.' Ze beet op haar lip en wendde haar blik af. 'Oké,' herhaalde ze, maar haar stem brak bijna. Jurgen scheen verdwenen te zijn en Kitty beet op haar knokkels.

'Waarom laat je het Jurgen niet lezen?' Hij had zijn woorden direct terug willen nemen. Ze verschoot van kleur waar hij bij zat, letterlijk. Het was geen blos, het was eerder kortsluiting. Een elektriciteitsdraad die smolt. Ze keek hem met zoveel onverholen vijandigheid aan dat hij zich afvroeg of het echt zo erg was wat hij had voorgesteld.

'Mijn gedicht is een gesprek tussen jou en mij en niemand anders.'

Het zou niet mogen dat hij bij haar op zoek ging naar liefde, maar hij deed het toch. Hij zou alle uithoeken van de aarde nog afspeuren naar liefde. Hij probeerde zich in te houden, maar hoe meer hij zijn best deed niet te zoeken, des te meer hij vond. Hij zag haar op een Engels strand met een thermoskan in haar tas, springend over de koude golven, ze schreef haar naam in het zand en keek in de verte waar een kerncentrale werd gebouwd. Dat landschap paste beter bij haar, een catastrofaal gedicht op zichzelf. Hij had haar aangeraakt met zijn woorden, maar hij wist dat hij haar op geen andere manier moest aanraken, niet op een letterlijke manier, zoals met zijn lippen. Dan zou hij misbruik maken van de situatie. Daar moest hij zich tegen verzetten, hoe dan ook. Hij wist nog niet hoe, maar zijn verzet moest hij tot het bittere eind volhouden. Als hij religieus was geweest, was hij op zijn knieën gevallen en had hij gebeden. Vader, haal dit weg. Weg. Zorg dat dit alles verdwijnt. Hij wist dat deze smeekbede of dat verlangen of de psalm net zo goed gericht was aan zijn eigen vader, de sombere bebaarde patriarch, de schaduw die hij zijn hele leven al najoeg, etc. Zijn vader zei vaarwel, etc. Zijn moeder zei vaarwel, etc. Hij had zich schuilgehouden in een donker bos in het westen van Polen, etc.

Kitty stond op en rommelde in haar tasje. Hij zei dat het niet hoefde. Alsjeblieft. Hij zou haar lunch voor zijn rekening nemen. Ze stond erop haar eigen deel te betalen. Hij zag dat haar beursje plat was, leeg, er zat niets in, maar toch zocht ze naar muntjes. Hij drong aan. Hij kon het zich makkelijk veroorloven. Wilde ze hem alsjeblieft laten afrekenen? Ook zij schreeuwde terwijl haar vingers verwoed in haar beurs grabbelden, ze schreeuwde dat hij zijn kop moest houden, hou je kop, hou je kop, waar zag hij haar voor aan, wat dacht hij wel niet van haar? Rood van woede vond ze uiteindelijk waar ze naar zocht, een briefje van twintig franc dat netjes was opgevouwen alsof ze het voor een speciale gelegenheid had bewaard. Ze vouwde het voorzichtig open, haar handen beefden toen ze het biljet onder een bordje op tafel schoof, daarna rende ze een steegje in. Hij hoorde haar hoesten. En toen hoorde hij de stem van Jurgen die tegen haar praatte en hij realiseerde zich dat de conciërge haar moest hebben opgewacht. Ze vroeg hem in het Frans waarom het zwembad zo troebel was en hij vroeg aan haar waarom ze huilde. Hij hoorde Jurgen vergeet het, joh zeggen en dat de zon toch scheen, Kitty Ket? Het leek wel een liedje. Vergeet het, Kitty Ket, vergeet het, Kitty Ket.

Joe begroef zijn gezicht in zijn zijden zakdoek. Vroeger werd zijde gebruikt om kogelvrije vesten te maken. Het voelde als een tweede huid en hij had het nodig. Wat moest hij doen? Wat moest hij met haar gedicht aanvangen? Hij was haar dokter niet. Ze wilde niet dat hij met een penlampje in haar ogen scheen. Moest hij tegen Isabel zeggen dat de jonge vrouw die ze had uitgenodigd, dreigementen had geuit?

Hij zou aanstonds naar Polen reizen. Om een lezing te geven in een oud paleis in Krakau. Zijn tolk annex gids zou hem helpen in het openbaar vervoer en met de menukaarten in de restaurants. Als hij zich wilde ontspannen, zou ze hem meenemen naar het Tatragebergte waar houten datsja's in het bos waren gebouwd. Vrouwen met sjaaltjes om hun hoofd geknoopt, die daar ganzen hoedden, zouden hem van hun zelfgemaakte jam en kazen laten proeven. En als hij wegging zou de douane op de luchthaven van Warschau aan hem vragen of hij kaviaar in zijn koffer had, waarop hij zou zeggen: 'Nee, geen kaviaar. Ik neem mijn oliezwarte verleden mee uit dit land en het behoort ons beiden toe. Zo gaat het. Mijn vader zei vaarwel, etc. Mijn moeder zei vaarwel, etc. Ze hebben me in een donker bos in het westen van Polen verstopt, etc.'

Er tikte iemand op zijn schouder. Hij zag tot zijn verbazing dat Claude een glas koud bier op zijn tafeltje had neergezet. Wat had de Mick Jagger van deze uithoek aangezet tot zo'n kameraadschappelijke geste? Joe dronk het glas in één teug leeg. Hij stopte het bankbiljet dat Kitty onder het bordje had gelegd in zijn borstzakje voordat Claude het kon pakken om aan zijn kapper te spenderen. Hij zou ervoor zorgen dat ze het weer terugkreeg. Goddank vertrok ze over twee dagen. Einde verhaal. Net toen die gedachte hem begon op te beuren, zag hij zijn dochter in de richting van het café komen lopen.

Nina droeg een visnetje en een emmer. Nee hè? Godsamme. Hij kreunde inwendig. Daar is ze dan, mijn dochter. Ze heeft mascara opgedaan omdat we gaan vissen. En oorbellen in. Enorme gouden ringen die geheid in takken blijven hangen. Nu moest hij dat hele end met haar naar de rivier lopen, omdat hij het had beloofd. Twee kilometer ploeteren door de snikhete middag.

Niemand scheen te begrijpen dat hij al zevenenvijftig was. Hij moest langs een steile rivierbedding krabbelen en proberen niet uit te glijden over losse stenen. Hij zwaaide halfhartig en ze wapperde met het visnet in zijn richting. Toen ze zich in de stoel tegenover hem liet ploffen, pakte hij haar hand en gaf er een kneepje in. 'Gefeliciteerd. Je moeder zei dat je eindelijk ongesteld bent geworden.'

'Hou je bek.' Nina rolde met haar ogen en staarde strak in de emmer.

'Oké, sorry hoor. Zeg, waarom laten we dat vismiddagje niet gewoon zitten om hier wat rond te lummelen?'

'Echt niet.'

Joe schraapte zijn keel. 'Eh ... heb je alles bij je, voor een meisje dat net ...'

'Hou op.'

'Goed dan.'

'Waar is Kitty?'

'Die is ... ik weet niet waar ze naartoe is.'

Nina staarde naar haar vader. Hij had warempel een kam door zijn haar gehaald. Ze moest toegeven dat hij een knappe man was, al had ze een hekel aan hem. Hij had zich in elk geval opgedoft voor zijn date met Kitty.

'Vond je het wat, haar gedicht?'

Wat moest hij daarop antwoorden? En opnieuw zocht hij de oplossing die hem het beste lag – hij verliet zich op een leugen.

'Ik heb het nog niet gelezen.'

Nina gaf hem een venijnige por tegen zijn arm.

'Ze heeft zich zo druk gemaakt over jouw mening, dat ze bijna een ongeluk heeft veroorzaakt. En ik zat bij haar in de auto! We vlogen zowat van de berg af. Ze heeft al haar moed moeten verzamelen voor deze afspraak met jou. Ze stond te trillen op haar benen!'

'O mijn god.' Joe zuchtte.

'God? Ik dacht dat je niet in God geloofde?' snauwde ze en keerde hem haar rug toe.

Hij sloeg zo hard op de tafel dat die wankelde.

'Jij gaat nooit meer bij Kitty Finch in de auto zitten, hoor je me?'

Nina dacht dat ze hem min of meer had begrepen maar ze wist niet precies wat ze moest horen. Kon Kitty niet autorijden of zoiets? Haar vader keek woedend.

'Die depri's! Ik kan ze niet luchten of zien. Depressie is voor hen een dagtaak, het is het enige waar ze energie in wensen te steken. Ah, mijn depressie doet het goed vandaag. O vandaag heb ik weer een nieuw mysterieus symptoom en morgen heb ik er nog een. De depri's zitten vol haat en gal en als ze geen paniekaanval hebben schrijven ze gedichten. Wat hopen ze eigenlijk met hun gedichten te bereiken? Zo'n depressie is het enige wat die lui overeind houdt. Hun gedichten zijn dreigementen. Altijd, altijd dreigementen. Niets, geen enkel gevoel, is sterker aanwezig of actiever dan hun kwelling. Ze geven helemaal niets terug, behalve hun depressie. Het is gewoon een gebruiksvoorwerp, net als elektriciteit en stromend water en gas en democratie. Zonder hun depressie zouden ze het geen dag uithouden. Mijn god, wat heb ik een dorst. Waar is Claude?'

Claude stak zijn hoofd om het hoekje. Hij probeerde zijn lachen in te houden, maar bekeek Joe wel met meer respect dan eerst. Eigenlijk had hij net bedacht dat hij Joe discreet kon vragen om Mitchells caférekening te voldoen.

'Claude, mag ik wat water alsjeblieft? Maakt niet uit wat voor water. Een fles bronwater is ook goed. O nee. Doe nog maar een biertje. Een groot glas. Hebben jullie hier geen pinten?'

Claude knikte en verdween naar binnen, waar hij de tv had aangezet om de voetbalwedstrijd te kunnen volgen. Nina pakte het visnet en zwaaide ermee voor haar vaders gezicht.

'De essentie van deze middag is dat jij en ik gaan vissen, dus sta op en laten we gaan lopen, want je verveelt me gruwelijk.'

Gruwelijk was haar nieuwe stopwoordje en ze glunderde dat ze het kon toepassen.

'Nee, je verveelt je helemaal niet "gruwelijk",' snauwde hij lijdzaam, met schorre stem.

Nina durfde het niet te herhalen, want telkens als hij haar met netje en emmer mee op stap nam wist hij altijd opwindend enge dingen uit het water te vissen.

Claude kwam met het bier, 'een flinke' in een pintglas. Hij zei tegen Nina dat hij geen bestellingen meer aannam van haar vader omdat de halve finale tussen Zweden en Brazilië begon.

'Best hoor.' Joe smeet een paar munten op tafel, en toen Claude iets in zijn oor had gefluisterd, duwde hij hem ook wat papiergeld in zijn handen en zei erbij dat hij alles betaalde wat Mitchell hier bestelde, alleen mocht die bolle dat niet weten; niemand mocht tegen de bolle zeggen dat de ontelbare taartjes uit de royalty's van die hufterige dichter betaald werden.

Claude tikte tegen zijn neus: gesnopen. Hij zou niets verklappen. Hij keek even naar Nina en plukte een takje van de paarse bougainville die langs de muur groeide. Hij vlocht er een bloemenarmband van en bood die haar met een buiginkje aan. 'Voor de beeldschone dochter van de poëet.'

Nina stak grif haar arm uit zodat hij het bandje van paarse blaadjes om haar pols kon schuiven, als een handboei. Haar hart sloeg op hol toen zijn vingertoppen over haar huid streken.

'Geef mij het visnet maar, Nina.' Haar vader stak zijn hand uit. 'Dan gebruik ik het om mijn ogen uit te steken. Ik heb best wel zin om het WK voetbal te kijken met Claude. Leer jij eerst maar eens wat aardiger tegen je vader te doen.'

Ze beet op haar lip met een, naar ze hoopte, koket gebaar en waagde het een blik met Claude te wisselen, die machteloos zijn schouders ophaalde. Ze wisten allebei dat haar vader liever haar in de gaten hield dan tv te kijken.

Toen ze langs de kerk liepen om op de weg te komen waarvan Joe wist dat die naar de poort leidde die naar het weiland met snuivende stieren leidde dat naar het pad leidde dat naar de brug leidde die naar de rivier leidde, voelde hij hoe zijn dochter haar hand in zijn broekzak stopte.

'We zijn er bijna, pap,' zei ze bemoedigend.

'Hou je kop,' antwoordde hij.

'Volgens mij word je depressief. Ja hè?'

Joe struikelde bijna over een uitstekende tegel.

'Zoals je al zei: "We zijn er bijna."'

De foto

Ze waren stuk voor stuk blij, het groepje Japanse toeristen. Ze stonden al een hele tijd onnatuurlijk lang te glimlachen. Isabel zat in de schaduw van de olijfboom te wachten op Laura, en schatte dat ze inmiddels zo'n twintig minuten aaneen die lach op hun gezicht hielden. Ze namen beurtelings foto's van elkaar met het bleekroze château van het Matisse Museum op de achtergrond, en her en der begon een grijnslach pijnlijk te verkrampen.

Het park was vol gezinnen met kinderen die picknickten onder de olijfbomen. Vier oudere mannen die jeu de boules speelden in de schaduw namen een korte pauze om zich te beklagen over de hittegolf die de wijngaarden van Frankrijk ruïneerde. Laura zwaaide zonder in de gaten te hebben dat ze dwars door een fotosessie liep. De zeven Japanse toeristen poseerden met hun armen om elkaars schouders geslagen, glimlachend, terwijl Laura pal voor het groepje haar lange arm in een groet ophief op het moment dat er werd afgedrukt.

Vroeger op het internaat in Cardiff stak Isabel altijd als eerste haar vinger op. Ze wist het antwoord altijd eerder dan de rest van haar klasgenootjes, meisjes die, net als zij, in groene schooluniformen gestoken waren met het geborduurde motto KENNIS DIENT DE WERELD. Nu bedacht ze dat ze dat motto zou willen veranderen in iets wat de meisjes zou waarschuwen; dat kennis hun niet zozeer ten dienst zou zijn, noch hen gelukkig zou maken. Er was een kans dat het een licht op visies zou werpen die ze liever niet wilden zien. Het nieuwe motto

zou er rekening mee moeten houden dat opgedane kennis soms erg pijnlijk kan zijn en zodra de pientere meisjes van Cardiff de smaak ervan te pakken kregen, liet
de geest zich niet meer terug in de fles stoppen.

De mannen hadden hun potje boules weer hervat. Op
een radio ergens in de buurt werd de staking van de
luchtverkeersleiding beargumenteerd. Kannen koffie
werden opengedraaid onder de bomen. Kinderen vielen
van hun fietsen. Gezinnen pakten sandwiches en fruit
uit. Isabel zag op de heuvel de rij blauw met wit geschil-
derde hotels uit het belle époque en wist dat het kerkhof
waar Matisse begraven lag zich ergens in de buurt
moest bevinden. Laura had een fles rode wijn in haar
hand. Isabel riep haar, maar Laura had haar al gezien.
Ze liep snel, met regelmatige en aandachtige passen.
Laura ging zich ongetwijfeld beklagen dat Kitty bij hen
logeerde, maar Isabel zou pareren dat zij en niet Laura
de vakantievilla betaalde. Laura en Mitchell moesten
maar zo'n plattelandshotel in de buurt van Cannes nemen, die ze ergens in een brochure had gezien. Een
okerkleurig Provençaals landhuis waar heerlijke wijn
werd geserveerd en zeebaars in een korstje van zout.
Mitchell zou in zo'n soort omgeving veel beter op zijn
plek zijn; hij had zich immers op een episch gastrono-
mische zomer verheugd en hij zag zich onverhoopt ge-
confronteerd met een rare logee die zichzelf uithon-
gerde. Laura en Mitchell stelden prijs op een ordelijke
en overzichtelijke omgeving. Mitchell maakte vijfjaren-
plannen voor hun zaak in Euston, vervat in hele flow-
charts met taakomschrijvingen, logische besluiten en
de gewenste uitkomsten. Isabel bewonderde hun vertrouwen in het structureren van een toekomst: het kop-

pel geloofde oprecht dat ze zelf de uitkomsten in de gewenste vorm konden gieten.

Laura glimlachte, maar ze keek niet gelukkig. Ze ging naast Isabel zitten en trok haar sandalen uit. Ze plukte aan de graspollen en vertelde haar vriendin dat de winkel in Euston zou worden opgedoekt. Zij en Mitchell konden het niet langer bolwerken. Ze hadden niet eens genoeg geld voor de hypotheek. Ze waren met vijf creditcards naar Frankrijk gegaan en hadden nauwelijks contant geld meegenomen. Ze konden niet eens de benzine betalen voor de Mercedes die Mitchell in een domme opwelling op het vliegveld had gehuurd. De waarheid was dat Mitchell wel meer rekeningen had opgestuwd waar zij nauwelijks weet van had. Hij was zoveel mensen geld schuldig. Maandenlang had hij volgehouden dat er wel ergens fondsen vandaan zouden komen, maar tevergeefs. Liquidatie van de winkel was onafwendbaar. Als ze teruggingen naar Londen, moesten ze hun huis in de verkoop zetten.

Isabel schoof naar Laura toe zodat ze een arm om haar schouders kon leggen. Wat was Laura toch lang. Het was bijna niet te geloven dat ze niet boven de dingen stond waar andere mensen zich druk om maakten. Ze was duidelijk zichzelf niet, met die hangende schouders. In tegenstelling tot de meeste uit de kluiten gewassen mensen was haar vriendin nooit krom gaan lopen om op gelijke hoogte met haar omgeving te blijven. Op dit moment echter zag ze er verslagen uit.

'Laten we die fles openmaken.' Ze gebruikten Isabels haarklem omdat Laura de kurkentrekker was vergeten. Ze forceerden de lange plastic pin in de kurk en dron-

ken direct uit de fles, die ze aan elkaar doorgaven als
een stel bakvissen dat voor het eerst zonder ouders op
reis was. Isabel vertelde dat ze maandverband had willen kopen voor Nina, maar hoe heette maandverband
in het Frans? Jemig. De drogist had haar uit de brand
geholpen. *Serviettes hygiéniques.* Hij had ze in een
bruin zakje gestopt en toen in een plastic tas en vervolgens in een andere plastic tas alsof ze al dropen van het
bloed. Ze veranderde van onderwerp. Ze vroeg of Laura
een eigen bankrekening had. Laura schudde ontkennend haar hoofd. Zij en Mitchell hadden een gezamenlijke rekening geopend toen ze samen hun onderne-
ming oprichtten. En toen gooide Laura het weer over
een andere boeg en vroeg aan Isabel of zij Kitty Finch
ook een beetje ... ze zocht naar het juiste woord, 'anders'
vond? Het woord bleef in haar keel steken en ze wilde
dat ze een andere taal had om uit te drukken wat ze
bedoelde, omdat de enige termen die ze hiervoor kende
van vroeger stamden, het schoolpleinlexicon dat, niet
per se in die volgorde, met woorden begon als gestoord,
geschift, getikt en doorging met maf, mesjogge, van de
pot gerukt om vervolgens het alfabet weer terug in te
dansen en te eindigen met krankjorum. Laura vertelde
haar dat Kitty's aanwezigheid haar verontrustte. Toen
ze daarstraks van huis ging om naar het Matisse Museum te gaan, had ze gezien dat Kitty de staartjes van
de drie konijnen, die Mitchell in de boomgaard had
geschoten, als bloemen in een vaas had geschikt. Het
punt was dat ze zelf die staartjes moest hebben afgesne-
den. Met een mes. Ze moest eigenhandig het mes in die
konijnen hebben gezet. Isabel gaf geen antwoord omdat
ze een cheque voor Laura aan het uitschrijven was.

Laura kon over haar schouder meekijken en zag dat het een aanzienlijk bedrag was en dat Isabel met haar meisjesnaam ondertekende.

Isabel Rhys Jones. Toen ze zich lang geleden op school aan elkaar hadden voorgesteld, had Isabel de naam van haar woonplaats op zijn Welsh uitgesproken: Caerdydd. Ze had toen nog het accent van Wales, later was dat verdwenen. In het tweede jaar van hun opleiding sprak ze met een Engels accent dat toen nog niet zo Engels klonk als op het moment dat ze tv-correspondent werd in Afrika. Toen Laura Afrikaanse studies volgde, probeerde ze haar Engelse accent te verhullen als ze Swahili sprak. Het was allemaal erg complex en ze had er wat meer over willen nadenken, maar Isabel plaatste het dopje terug op haar pen en schraapte haar keel. Ze zei iets wat nogal Welsh klonk. Laura kon het eerste gedeelte van haar zin niet verstaan maar ving wel op dat de Noord-Afrikaanse schoonmaakster, die voor een habbekrats de vloeren dweilde in de villa, in staking was gegaan. Ze droeg een hoofddoek en repareerde de Europese stopcontacten voor Jurgen, die tot zijn vreugde had ontdekt dat zij stukken handiger was met elektriciteit dan hij. Ze had de vrouw zien staren naar de snoeren en dan uit het raam naar het zilveren licht dat Matisse van zijn tuberculose had genezen. Om de een of andere reden moest ze nu aan die vrouw denken, en net toen ze zich afvroeg waarom, herinnerde ze zich wat Isabel had gezegd toen ze de cheque uitschreef. Het had iets te maken met Laura die een eigen bankrekening moest openen naast de gezamenlijke van haar en Mitchell. Ze schoot in de lach en herinnerde Isabel eraan dat haar meisjesnaam Laura Cable was.

Het ding

'Je moet niet zoveel zonnebrandcrème gebruiken, Mitchell.'

Kitty Finch was duidelijk ontdaan. Ze had al haar kleren uitgetrokken en stond naakt naast het zwembad alsof er niemand in de buurt was. 'Het tast de chemische balans van het water aan.'

Mitchell legde een beschermende hand over zijn bolle buik en gromde.

'Het water is hartstikke tróébel geworden!' Kitty klonk razend. Ze rende rondjes om de poel en bekeek het water van alle kanten. 'Jurgen maakt er een potje van.' Ze stampvoette op de hete rotsige stenen. 'Die chemische middelen luisteren heel nauw. Hij heeft chloortabletten in de filter gestopt en nu heeft alles zich in het diepe deel geconcentreerd.'

Opnieuw voelde Mitchell zich geroepen om haar te zeggen dat ze moest opzouten. Waarom smeerde ze niet gewoon een boterham met kaas en verdween daarna in het bos? Hij zou haar graag zelf brengen als zij benzine voor zijn Mercedes wist te versieren.

'Je bent zo makkelijk op de kast te krijgen, Mitchell.'

Ze dook op hem af. Twee lange sprongen alsof ze een gazelle of een hert uitbeeldde en hem uitdaagde op haar te jagen. Haar ribben staken uit als de ijzerdraadjes van de val die Mitchell voor de rat had gekocht.

'Het is maar goed dat Laura zo lang is. Ze kan over je heen kijken terwijl jij schiet en ze hoeft nooit naar de grond te kijken waar de gewonde dieren liggen te creperen.'

Kitty kneep haar neus dicht en sprong in het zwembad. Toen Mitchell rechtop ging zitten, werd hij bevangen door duizeligheid. Hij werd altijd ziek van te veel zon. Volgend jaar moesten ze maar een blokhutje bij een ijzig fjord in Noorwegen nemen, zo ver mogelijk bij het gezin Jacobs vandaan. Hij zou zeehonden vangen en zichzelf geselen met twijgjes in de sauna en daarna naar buiten de sneeuw in hollen en kreten slaken terwijl Laura de taal van de Yoruba leerde en naar Afrika verlangde.

'Dit water is verpest!'

Wat mankeerde dat kind? Hij opende de parasol boven zijn kale roze schedel op het moment dat hij Joe naar het hekje bij de achtertuin zag strompelen. Nina liep achter hem aan door de cipressen, met een rode emmer en een visnetje in haar handen.

'Hallo, Joe.'

Kitty klom uit het zwembad en schudde de waterdruppels uit haar koperrode krullen. Hij knikte naar haar, opgelucht dat ze ondanks hun vervelende gesprek die middag toch blij leek te zijn hem te zien. Hij wees op de emmer die Nina vasthield en moeizaam naar het randje van de poel droeg.

'Kijk eens wat we in de rivier hebben gevonden.'

Ze dromden om de emmer, die voor de helft gevuld was met modderig water. Een of ander slijmerig beest met een rode streep over zijn rug klampte zich aan een waterplant vast. Het beest was zo dik als Mitchells duim en moest een hartslag hebben, want het water erboven trilde. Het rolde zich op en strekte zich weer uit.

'Wat is dat?' Mitchell stond perplex dat ze dit ondier door al die velden hadden gedragen om het mee naar huis te kunnen nemen.

'Een ding,' sneerde Joe.

Mitchell deinsde grommend terug. 'Getverderrie.'

'Papa vindt altijd van die enge dingen.'

Nina staarde over Kitty's schouder en probeerde niet naar haar naakte borsten te kijken. Die hingen zo ongeveer ín de emmer terwijl ze voorovergebogen over de rand in het water tuurde. Nina kon haar ribben tellen, haar wervelkolom leek wel een parelketting. Kitty hongerde zichzelf uit. Haar kamer lag vol rottende etensresten die ze onder kussens verstopte. Nina keek duizendmaal liever naar de Londense trottoirs met het vlekkerige stippelpatroon van uitgespuwde kauwgum dan naar haar vader en Kitty Finch.

Kitty pakte een handdoek. Haar smalle, benige vingers kregen geen grip op het katoen, en de handdoek glipte steeds uit haar handen totdat Joe hielp hem om haar middel te knopen.

'Wat is het voor beest?' Kitty staarde in de emmer.

'Een griebelkriebel,' zei Joe. 'Mijn beste vondst tot nu toe.'

Nina dacht dat het een duizendpoot was. Het dier liet zijn honderden pootjes verwoed door het water zwiepen, op zoek naar houvast.

'Wat hopen jullie eigenlijk te vangen als jullie gaan vissen?' Kitty dempte haar stem alsof het beestje in de emmer haar kon horen. 'Vind je wat je zoekt?'

'Wat bedoel je daar nou weer mee?' Mitchell klonk als een schoolfrik die zich ergerde aan een leerling.

'Sla niet zo'n toon tegen haar aan.' Joe's armen lagen nu om Kitty's middel, hij hield de handdoek vast alsof zijn leven ervan afhing.

'Ze bedoelt waarom we niet met zilveren visjes en

mooie schelpen thuiskomen. Het antwoord is dat die overal te vinden zijn.'

Tijdens het praten liet hij zijn vinger door Kitty's natte krullen glijden. Nina zag dat haar moeder met Laura door de witte poort kwam. Haar vader liet de handdoek los en Kitty bloosde. Nina keek diep ongelukkig naar de cipressen, zogenaamd op zoek naar de egel die zich ergens in de tuin schuilhield. Joe liep naar de plastic tuinstoel. Hij ging liggen en keek naar zijn vrouw, die zich over de emmer boog. Er zaten blaadjes in haar zwarte haar en het gras had groene vlekken op haar schenen achtergelaten. Ze had niet alleen afstand van hem genomen, ze was naar een compleet andere zone verhuisd. Er zat fris elan in de manier waarop ze naast de emmer stond. Haar vastberadenheid om niet van hem te houden had haar nieuwe energie gegeven.

Mitchell staarde nog steeds naar het dier dat nu langs de wand van de emmer omhoog probeerde te kruipen. De rode strepen op zijn rug vormden een perfecte camouflage.

'Wat ga je met die slijmslak doen?'

Iedereen keek naar Joe.

'Ach ja,' zei hij, 'jullie vinden dat "ding" van mij allemaal eng. Ik zet 'm wel op een blad in de tuin.'

'Niet doen.' Laura huiverde. 'Dan kruipt het vast naar ons toe.'

'Of het wurmt zich door de afvoer het zwembad in.' De angst was duidelijk van Mitchells gezicht te lezen.

Laura gilde. 'Het kruipt uit de emmer! Het ontsnapt!' Ze rende naar de emmer en gooide er een handdoek overheen.

'Joe, doe iets.'

Joe hinkte naar de emmer, lichtte de handdoek en tipte het dier met zijn duim terug in het modderlaagje op de bodem van de emmer.

'Ach wat, het is maar een klein dingetje.' Hij gaapte. 'Een gek en slijmerig klein dingetje.'

Er glibberde een draadje rivierplant van zijn voorhoofd. Niemand zei iets. Zelfs het schorre tjirpen van de cicaden leek op deze namiddag verstomd. Toen Joe zijn ogen weer opendeed, was iedereen naar binnen gegaan, behalve Laura. Ze beefde, maar haar stem klonk vast.

'Luister eens, ik weet dat Isabel Kitty heeft uitgenodigd.' Haar stem stokte, ze begon opnieuw. 'Maar je hoeft toch niet? Ik bedoel, of wel? Moet je weer? Moet je echt weer? Moet het echt weer?'

In zijn broekzakken balde Joe zijn handen tot vuisten. 'Wat moet ik?'

Woensdag

Body electric

Jurgen en Claude rookten de hasj die Jurgen bij de accordeonist op het strand van Nice had gekocht. Hij regelde zijn dope meestal bij de chauffeur die immigrantenschoonmakers bij toeristenvilla's afzette, maar die hadden een staking georganiseerd. Bovendien was er storm voorspeld en het voltallige dorp was de hele nacht in touw geweest om zich voor te bereiden. Het huisje waar Jurgen in verbleef, was nog niet gerestaureerd door de eigenares, en hij wilde dat zo houden. Hij smeet weleens zware dingen tegen de muur in de hoop dat het helemaal niet meer gerenoveerd kon worden, en dat het huisje zijn status als het lelijke eendje van Rita Dwighters vastgoed zou kunnen behouden.

Hij hield Claudes opnameapparaatje tegen zijn oor. Claude had een loeiende koe opgenomen. Hij wist niet waarom, hij wilde het gewoon doen. Hij was een weiland in gelopen en had zijn apparaatje zo dichtbij als hij durfde bij de koe gehouden. Als Jurgen op play drukte, kon hij de koe horen. Dankzij de techniek klonk het geloei van de koe levensecht maar tegelijk ook weer onaards. Elke keer dat het beest loeide, lachten ze zich een breuk omdat de koe op Claudes grote teen was gaan staan en nu was zijn teennagel beschadigd.

Madame Dwighter zou bellen, dus Jurgen moest binnen op haar telefoontje wachten. Dat vond hij niet erg. Liever dat dan opgeroepen te worden door een van de bewoners in de villa's 'Provençaalse stijl' om daar een gloeilampje te vervangen. Villa's die hij zich nooit zou kunnen veroorloven. Tegen de muur lag een stapel Picasso-reproducties die hij op de vlooienmarkt had gekocht. De rubberen E.T. die hij aan Claude had gegeven, vond hij veel mooier. Rita Dwighter had gezegd dat hij de reproducties moest inlijsten om daar alle lege plekken op de muren in haar drie villa's mee te bedekken. Maar daar had hij nu geen zin in. Het was veel leuker om naar een loeiende koe te luisteren op Claudes opnameapparaatje.

Hij rolde net een nieuwe joint toen er ergens een telefoon begon te rinkelen. Claude wees op het toestel dat op de vloer stond. Jurgen wreef over zijn neus en nam na een poosje op.

Claude moest zijn hand stijf tegen zijn mond gedrukt houden om niet in een schaterlach uit te barsten. Jurgen wilde geen conciërge zijn. Madame Dwighter vroeg hem steeds wat hij op het hart had, maar dat soort dingen vertelde hij alleen tegen Claude. Er was maar één iemand die zijn gedachten in beslag nam.

Kitty Finch. Indien nodig, zou hij eraan toevoegen: seks, drugs, boeddhisme om een staat van eenheid in het leven te bereiken, geen vlees, geen vivisectie, Kitty Finch, geen vaccinaties, geen alcohol, Kitty Finch, zuiverheid van lichaam en geest, geneeskrachtige kruiden, gitaarspelen, Kitty Finch, de Nature Boy Saint worden zoals Jack Kerouac die omschreef. Claude hoorde zijn vriend tegen madame Dwighter zeggen dat ja, alles was oké, het ging gladjes dit jaar met de villa. Ja, de bekende Engelse dichter en zijn gezin hadden een heerlijke vakantie. Ze hadden zelfs een onverwachte logee. Mademoiselle Finch zat in het gastenverblijf en wond iedereen om haar vinger. Ja, ze was deze zomer beslist in balans en ze had iets geschreven wat ze de dichter liet lezen.

Claude knoopte zijn broek open en liet hem tot op zijn knieën zakken. Jurgen moest de hoorn ver weg houden omdat hij dubbelsloeg. Hij maakte obscene gebaren naar Claude, die zich opdrukte in zijn Calvin Klein-boxershort. Jurgen tikte met de hoorn tegen zijn dijbeen en hervatte zijn gesprek met Rita Dwighter, die vanaf haar fiscale ballingsoord in Spanje belde. Binnenkort moest hij haar met señora aanspreken.

Ja, de huisregels waren bijgewerkt. Ja, het water in het zwembad was tiptop in orde. Ja, de schoonmakers deden hun werk goed. Ja, hij had de gebroken ruit vervangen. Ja, hij zat goed in zijn vel. Ja, de hittegolf liep ten einde. Ja, er was storm op komst, en een flinke ook. Ja, iedereen had naar de weerberichten gekeken. Ja, hij zou de luiken dichtdoen.

Claude hoorde de stem van Rita Dwighter uit de hoorn vallen en opgaan in de hasjdampen. Het hele dorp lachte zich een bult om de vermogende psychoanalytica annex projectontwikkelaarster die Jurgen goudgeld betaalde voor zijn schromelijke gebrek aan vaardigheden. Ze grapten over een speciale landingsplek die ze had laten aanleggen bij haar spreekkamer in West-Londen voor zakenmannen met een helikopter.

Ze zaten er op designstoelen terwijl hun piloten
– meestal drankorgels die overal waren ontslagen – be-
lastingvrije sigaretten rookten in de regen. Claude had
met de gedachte gespeeld om een extra gerucht de wereld in te helpen dat een van haar rijkste cliënten met
zijn arm tussen de schoepen van de propeller was gekomen op het moment dat ze ontdekte waarom hij zo
graag in nazi-uniform rondliep en prostituees sloeg.
Zijn arm moest worden geamputeerd en nu kon hij
haar niet meer opzoeken en zij kon zich niet meer veroorloven het huisje van de postbode te kopen.

Als madame Dwighter haar eigendommen kwam
inspecteren, wat ze tot Jurgens genoegen niet vaak
deed, vroeg ze altijd aan Claude met zijn Mick Jagger-
kop of hij kwam eten. De laatste keer had ze een brok
ananas rechtop in kleffe smeltbrie gezet en 'tast toe'
gezegd.

Eindelijk hing Jurgen op. Hij staarde met moordzuch-
tige blik naar de reproducties van Picasso. Claude had
inmiddels ook zijn shirt uitgetrokken en lag languit op
de vloer. Jurgen zei dat hij de opdracht had gekregen
om *Guernica* in de gang op te hangen, om de scheuren
in de muur te verdonkeremanen. Dominatrix Dwighter
was kennelijk onder de indruk van de techniek waarmee de grote kunstenaar la condition humaine ver-
beeldde. Claude kon nog net overeind komen en zette
een cd van Jurgen op, die vol krassen zat. De cd lag op
een Indiaas juwelenkistje met het etiket MUZIEKSELEC-
TIE UIT PRAAG. OM KET TE KALMEREN.

Er werd op de deur geklopt. Jurgen had standaard een
hekel aan bezoek omdat ze hem altijd aan het werk zetten. Nu stond de knappe, veertienjarige dochter van de

Britse dichter voor de deur, in een kort wit rokje. Uiteraard kwam ze hem vragen een klusje te doen.

'Ik moet van mijn moeder vragen of je mijn reserve-
ring voor het paardrijden hebt geregeld.'

Hij knikte aandachtig, alsof hij nergens anders aan
had gedacht. 'Kom binnen, Claude is er ook.'

Toen Jurgen zei dat Claude er ook was, leek het alsof de
cd een sprongetje maakte of bleef hangen of zoiets.
Nina hoorde een viool met daaronder het gejank van
een wolf en een zangeres die iets hijgde over een
sneeuwstorm. Ze wierp een blik op Claude, die in zijn
onderbroek stond te dansen. Zijn rug was zo bruin en
glad dat ze vlug naar de muur keek.

'*Bonjour,* Nina. De honden hebben mijn spijkerbroek
opgegeten, daarom dans ik in mijn boxershort. Er zitten krassen op de cd, maar ik vind de muziek erg rust-
gevend.'

Onder haar meewarige blik voelde hij zich als een
slak die onder de touwzolen van haar rode espadrilles
werd vermorzeld. Jurgen legde zijn handen op zijn kno-
kige heupen, zijn ellebogen staken driehoekig uit. Hij
scheen haar mening over zijn dreadlocks te willen.

'Denk je dat je mijn haar kunt knippen?'

'Ja hoor.'

'Ik draag mijn haar zo omdat ik niet op mijn vader
wil lijken.'

Hij lachte en Claude lachte mee.

> *sneeuwstorm*
> *wegdrijvend*
> *in de duisternis*

Jurgen probeerde vat te krijgen op een geografische kwestie. 'Oostenrijk, daar is mijn kindertijd begonnen. Toen heette het geloof ik nog Baden-Baden. Mijn vader heeft me de ouderwetse methode geleerd om hout te hakken.' Hij krabde op zijn hoofd. 'Volgens mij was het Oostenrijk. Het was er in elk geval oud. Zeg eens, van wat voor soort muziek hou je?'

'Nirvana is mijn favoriete band.'

'Aha, die Kurt Cobain met zijn blauwe ogen vind jij zeker wel leuk?'

Ze zei dat ze in haar slaapkamer een altaar voor Kurt Cobain had opgericht toen hij dat voorjaar zelfmoord had gepleegd. Op 5 april om precies te zijn, maar zijn lichaam werd pas op 8 april gevonden. Ze had die hele dag zijn album *In Utero* beluisterd.

Jurgen zwiepte zijn dreadlocks over één schouder. 'Heeft je vader Kitty's gedicht al gelezen?'

'Nee, dat ga ík doen.'

Claude sjokte met getuite lippen naar de koelkast. 'Dat is een goed idee. Wil je een biertje?'

Ze trok haar schouders op. Claude wilde het haar wel heel erg graag naar de zin maken. Zielig. Maar hij interpreteerde haar schouderophalen als een enthousiast ja.

'Ik moet altijd zelf bier meenemen naar Jurgen, want die drinkt alleen wortelsap.'

Jurgen hoorde dat iemand een motor stilzette voor zijn huisje. Het was zijn vriend Jean-Paul, die hem altijd commissie gaf op reserveringen voor paardrijden. Jean-Paul had alleen pony's, dus het was niet echt paardrijden, maar pony's hadden ook hoeven, en een mooie staart. Toen hij naar buiten liep om de deal te beklinken, wurmde Claude zich snel in zijn T-shirt.

Nina staarde naar alles behalve naar hem. Ze ging in lotushouding tegen de muur zitten terwijl hij rondliep met zijn biertje in zijn hand. Hij trok het voor haar open en ging zo dicht bij haar zitten dat hun dijbenen elkaar bijna raakten.

'Heb je een leuke vakantie tot nu toe?'

Ze nam een slok van het zurige biertje. 'Gaat wel.'

'Kom je naar mijn café? Dan laat ik je mijn E.T.-pop zien.'

Waar had hij het in vredesnaam over? Ze schoof iets dichter naar zijn schouder. En toen draaide ze haar gezicht naar hem toe en zei met haar ogen je mag me kussen me kussen me kussen en toen verstreek er een moment waarin ze aanvoelde dat hij haar bedoeling niet helemaal vatte. Ze had nog steeds het biertje vast en zette het op de vloer.

wegdrijvend
in het duistere
bos

Zijn lippen waren warm op de hare. Ze kuste Mick Jagger en hij verslond haar als een wolf of iets anders roofdierachtigs, maar ook zacht en zeker niet kalm. Hij zei dat ze zo ... zo alles was. Ze schoof nog dichter naar hem toe en toen stopte hij met praten.

in het duistere
bos
waar bomen leegbloeden
sneeuwstorm

Toen ze onder haar oogleden door naar hem gluurde zag ze zijn gesloten ogen en ze kneep de hare stijf dicht, maar de deur ging open en toen stond Jurgen midden in de kamer naar hen te kijken.

'Het paardrijden is geregeld.'

Er hing een sfeer van een kuscoma. Alles was donkerrood geworden. Jurgen zette zijn handen in zijn zij zodat zijn ellebogen spits uitstaken en de stemming in de kamer door de triangels van zijn armen vibreerde.

'Toe, lees dat gedicht van Kitty nou, zodat ik de weg naar haar hart kan vinden.'

Donderdag

De plot

Nina deed de deur naar de slaapkamer van haar ouders open en liep op kousenvoeten over de tegelvloer. Ondanks de hitte droeg ze sokken, omdat ze door een bij in haar linkervoet was gestoken en die was daardoor lelijk opgezwollen. Om zichzelf moed in te spreken voor de taak die haar wachtte, had ze een uur voor de spiegel gestaan met Kitty's blauwe oogpotlood. Haar spiegelbeeld liet nu een paar glanzende, zelfverzekerde bruine ogen zien. Vanuit het raam zag ze haar moeder en Laura bij het zwembad, druk in gesprek. Haar vader was naar het centrum van Nice om de Russisch-orthodoxe kathedraal te bezichtigen, en Kitty verkeerde zoals gewoonlijk in het gezelschap van Jurgen. Ze zouden koeienvlaaien verzamelen om Jurgens recent toegewezen perceel te bemesten, een stukje kavel dat Kitty 'deze zomer in gebruik had genomen', zoals ze het noemde. Niemand snapte waarom ze niet gewoon bij Jurgen introk, maar volgens Kitty's moeder was zij minder van hem gecharmeerd dan hij van haar.

Ze hoorde een beukend geluid uit de keuken komen. Mitchell had een stuk donkere chocola in een theedoek gedaan, dat hij ijverig met een hamer bewerkte. Het was heet buiten, maar in de slaapkamer van haar ouders was het koel als een overdekte ijsbaan. Ze wist hoe de envelop eruitzag, alleen zag ze hem nergens. Wat zij nodig had, was een zaklantaarn, zodat ze niet het grote licht aan hoefde te doen. Mocht er iemand binnenkomen, dan kon ze zich gauw in de badkamer achter de deur verstoppen. Op het nachtkastje van haar moeder zag ze een stukje honingraat, half in een krant en met een groen lintje ernaast dat er kennelijk omheen had gezeten. Ze bekeek het van dichtbij. Het was een cadeau van haar vader, ze herkende het handschrift van de tekst op het krantenpapier: *aan mijn allerliefste, met heel mijn hart, Jozef.*

Nina keek fronsend naar de stroperige honing die van de raat droop. Als haar ouders bij nader inzien toch een goede relatie hadden, sloeg haar eigen opvatting nergens meer op. Telkens als ze aan haar ouders dacht – wat vaak het geval was – probeerde ze de puzzelstukjes in elkaar te passen. Wat was de plot? Haar vader had zachte handen en gisteren kon hij niet van haar moeder afblijven. Ze had gezien dat ze elkaar kusten in de hal, als een scène uit een film, innig verstrengeld terwijl de motten boven hun hoofden hun vleugeltjes schroeiden aan het peertje. Wat haar betrof was hun tragedie zo klaar als een klontje: haar ouders konden elkaar niet uitstaan en hielden alleen van háár, hun dochter. De plot was dat haar moeder haar achterliet om weeskinderen in Roemenië te knuffelen. Tragisch genoeg (wat een tragedies allemaal) had Nina de plaats van haar moeder in het gezin ingenomen en was ze haar vaders dierbaarste partner geworden, die al zijn buien en behoeftes haarfijn aanvoelde. Maar dat verhaal werd aan het wankelen gebracht toen haar moeder had voorgesteld in een heel bijzonder strandrestaurantje sorbets met sterretjes te gaan eten. En ja, toen had ze gisteren ook nog eens haar ouders in een innige omhelzing gezien (de lakens op bed zagen er verkreukeld uit). Als die twee elkaar begrepen op een manier waar zij geen vat op had, liep haar plot spaak.

Al na zes minuten naarstig speuren vond ze Kitty's gedicht. Eerst had ze tevergeefs haar vaders zijden hemden en zakdoeken doorzocht, die hij altijd zorgvuldig streek, daarna had ze onder het bed gekeken. Ze was op haar buik gaan liggen en had de envelop met het gedicht tussen haar vaders slippers en twee dode kakkerlakken vandaan getrokken. Er lag nog iets anders onder, maar ze had geen tijd om dat nader te onderzoeken.

Het raam dat uitkeek op het zwembad vormde een probleem. Ze hoorde haar moeder vragen waarom Laura Yoruba leerde. Laura antwoordde: 'Waarom niet? De taal wordt door meer dan twintig miljoen mensen gesproken.'

Ze ging op haar hurken zitten om zich onzichtbaar te maken en maakte de envelop open. Leeg. Bij nadere inspectie ontdekte ze het papiertje dat stijf was opgevouwen tot de grootte van een luciferdoosje, diep weggestopt als een oude schoen die in de modderbedding van een rivier was blijven steken. Ze vouwde het voorzichtig open.

Terug naar huis
door
Kitty Finch

Nadat ze het had gelezen, nam Nina niet eens de moeite het papier weer op te vouwen. Ze stopte het gewoon zo terug in de envelop en schoof die tussen de kakkerlakken. Waarom had haar vader het gedicht niet gelezen? Hij zou precies begrijpen wat er in Kitty's hoofd omging.

Haar moeder hield haar voeten in het lauwe water. Ze lachte. Nina fronste omdat die lach zo zeldzaam was. Mitchell stond in de keuken stukken lever te bakken. Hij droeg een van zijn kleurige hawaïhemden.

'Hallo.' Hij snoof. 'Wil je soms een stuk?'

Nina leunde tegen de koelkast en sloeg haar armen over elkaar.

'Wat heb jij met je ogen gedaan?' Mitchell tuurde naar de blauwe glitterkohl op haar oogleden. 'Heeft iemand je tegen je doppen geslagen?'

Nina haalde diep adem om het niet uit te gillen.

'Volgens mij gaat Kitty zichzelf verdrinken. In het zwembad.'

'Jeminee,' zei Mitchell. 'Hoe kom je daar zo bij?'

'Ik denk het.'

Ze wilde niet zeggen dat ze de envelop had geopend die voor haar vader was bestemd. Mitchell zette de blender aan; kastanjes en suiker werden vermengd tot een dikke crème die op de palmboomtekening op zijn hemd spatte.

'Als ik je in het zwembad gooi, blijf je drijven. Zelfs ik met mijn dikke buik zou nog blijven drijven.'

Hij schreeuwde om boven het geraas van de blender uit te komen. Nina wachtte tot hij hem had uitgezet zodat ze kon fluisteren.

'Ik was met haar op het strand toen ze een tas vol stenen verzamelde.' Ze voegde eraan toe dat Kitty haar had toevertrouwd dat ze de afvoer van het zwembad had bestudeerd en knettergekke dingen had gezegd, zoals: 'O wee als je met je haar vast komt te zitten in de pijpleiding.'

Mitchell wierp de veertienjarige een vertederde blik toe. Hij besefte dat ze jaloers was op de aandacht die haar vader aan Kitty besteedde en dat ze waarschijnlijk de heimelijke wens koesterde dat het meisje zou verdrinken.

'Kop op, Nina. Hier, neem een lepel kastanjecrème. Ik voeg er zo chocola aan toe.' Hij likte zijn vingers af. 'En ik bewaar een klein brokje voor de rat.'

Zij was als enige op de hoogte van een vreselijk geheim. Meer dan één, zelfs. Gisteren had ze Kitty op de rand van haar bed plantenzaden helpen sorteren, terwijl in een tuin een vogeltje ontzettend mooi had gefloten. Kitty Finch had haar handen voor haar gezicht geslagen en hartverscheurend gehuild.

Ze moest haar vader spreken, maar die zat in Nice om een kerk te bezichtigen. Terwijl hij haar nota bene ooit had verteld dat ze wel op het randje van een zenuwinzinking moest zitten wilde ze ooit in de verleiding komen zich op het geloof te verlaten. Er was nog iets anders dat haar dwarszat. Het was dat ding onder het bed, maar ze wilde er niet over nadenken omdat het met Mitchell te maken had en bovendien riep haar moeder net dat het tijd was om te gaan paardrijden.

Ponyland

De pony's stonden in de schaduw uit een watertrog te drinken. De vliegen kropen over hun gezwollen buiken en korte beentjes en in hun bruine ogen, die altijd vochtig leken te zijn. Hun staart werd geborsteld door een vrouw. Nina keek naar haar en bedacht dat ze haar moeder op de hoogte moest brengen van Kitty's verdrinkgedicht, zoals ze het noemde. Kitty praatte Frans met de ponyvrouw en ze zag er niet uit als iemand die de verdrinkingsdood zou opzoeken. Ze droeg een kort blauw jurkje en er zaten witte veertjes in haar rode haar, alsof haar hoofdkussen 's nachts was opengebarsten.

'We moeten het zandpad nemen waar een oranje plastic zak aan een tak hangt. De vrouw zegt dat we de oranje zakken moeten volgen en dat wij aan weerszijden van de pony moeten lopen.'

Nina was liever alleen met haar moeder gegaan, maar ze zag zich nu gedwongen een pony uit te kiezen. Het werd een grijze met lange, korstige oren. En dan moest ze ook nog eens doen alsof ze het ontzettend leuk had.

Het kleine dier was niet in de stemming om zich een uur uit te sloven. Om de twee minuten bleef het staan om te grazen en tegen de schors van een boom te schurken. Nina verloor haar geduld. Ze had belangrijker zaken aan haar hoofd, zoals de stenen die ze met Kitty op het strand had geraapt, en waarvan ze dacht dat die in het gedicht voorkwamen. Ze had de woorden 'De verdrinkingsstenen' in het midden van de pagina onderstreept.

Het viel haar op dat haar moeder ongewoon aandachtig was. Als Kitty naar een boom of bepaalde grassen wees, vroeg Isabel of ze de namen wilde herhalen. Sommige insectensoorten moesten nectar drinken tijdens een hittegolf, vertelde Kitty. Wist Isabel dat honing een mengsel van spuug en nectar is? Bijen zuigen nectar op, mixen het met hun speeksel en slaan het mengsel op in hun honingzakken. Die honingzakken braakten ze uit en dan begonnen ze weer aan de volgende. Kitty praatte op een toon alsof ze gedrieën een knus gezinnetje vormden en hield ondertussen de teugels losjes vast. Nina zat zwijgend in het zadel, en hield haar blik nors op de flarden blauwe lucht in het bladerdak gericht. Als ze het zwerk zou omdraaien, moest de pony door wolken en nevelen zwemmen. De hemel zou van gras zijn. Insecten zouden door de lucht rennen. Kennelijk was dit het verkeerde zandpad, want ze zag geen oranje zakken meer in de bomen. Ze passeerden een rij naaldbomen en kwamen op een open plek met een café. Aan de overkant van het café lag een meer. Nina keek of ze ergens stukjes oranje tas in de bomen zag hangen, en besefte dat ze waren verdwaald. Kitty scheen het niet erg te vinden. Ze zwaaide naar de vrouw die alleen aan een tafel op het terras van het café zat.

'Kijk, daar is dokter Sheridan. Laten we naar haar toe gaan.'

Ze trok de pony van het laatste zichtbare stukje zandpad af, recht op het stenen bordes af. Madeleine Sheridan had haar bril afgezet en naast het boek op een wit plastic tafeltje gelegd. Kitty loodste de pony, met Nina en al, langs de verbaasde serveerster die een dienblad vol Orangina naar een gezin bracht dat aan een ander

terrastafeltje zat. De oude vrouw had net een suiker-
klontje in haar koffie willen gooien, maar bleef als be-
vroren zitten. Het was alsof de aanblik van dat tengere
meisje in haar korte jurkje, met haar dat in dikke koperrode strengen over haar rug viel, een grijze pony aan
haar teugels over een caféterras loodsend, een tafereel
opleverde dat alleen van opzij kon worden bekeken.
Niemand greep in omdat niemand precies begreep wat
er gebeurde. Het deed Nina denken aan de dag waarop
ze door een gaatje in gekleurd papier naar de eclips
tuurde, zodat ze niet recht in de zon hoefde te kijken.

'Hallo, dokter.'

Kitty trok aan de teugels en gaf de pony een klontje.
Ze legde haar arm om de schouders van de oude vrouw
terwijl ze de teugels vasthield.

Toen Madeleine Sheridan haar spraakvermogen terug
had, klonk haar stem kalm en gezaghebbend. De rode
sjaal met pompons, die ze om haar hals had geknoopt,
had een matador niet misstaan.

'Blijf op het zandpad, Kitty. Pony's zijn hier niet toe-
gestaan.'

'Dat gaat niet. Het pad is onzichtbaar.' Kitty glimlachte. 'Ik wacht nog steeds op mijn schoenen die u zou
ophalen. Volgens de verpleegsters had ik erg smerige
voeten.'

Nina keek naar haar moeder, die inmiddels naast de
pony was komen staan. Kitty's handen beefden en ze
praatte te hard.

'Het valt me nog mee dat u mijn nieuwe vrienden niet
hebt verteld wat u me hebt aangedaan.' Ze wendde zich
tot Isabel. 'Dokter Sheridan en ik hebben licht morbide

trekjes,' fluisterde ze. Ze klonk als een personage uit een griezelfilm.

Tot Nina's ongenoegen schoot Isabel in de lach, alsof zij en Kitty saampjes een binnenpretje deelden.

De serveerster kwam met een bord worstjes met doperwtjes naar buiten, dat ze niet bepaald zachtzinnig op Madeleine Sheridans tafel zette. Ze mompelde in het Frans dat die pony als de wiedeweerga moest vertrekken.

Kitty knipoogde naar Nina. Eerst met haar linkeroog. Toen met haar rechter. 'De serveerster is niet gewend aan pony's die komen ontbijten.'

Net op dat moment begon de pony aan de worstjes op tafel te likken, tot hilariteit van de kinderen aan de tafel ernaast.

Kitty nam een slokje van de koffie waar de dokter nog niet van had gedronken. Ze knipoogde niet meer. 'Om precies te zijn ...' haar knokkels werden opeens wit om de teugels '... ze heeft me laten opsluiten.' Ze veegde haar mond af. 'Ze belde een ambulance omdat ze zich voor me schaamde.'

Kitty pakte het mes van het bord met eten, dat erg scherp was, en zwaaide ermee voor Madeleine Sheridans keel. Alle kinderen op het terras begonnen te schreeuwen. Nina ook. Ze hoorde de oude vrouw met overslaande stem tegen haar moeder roepen dat Kitty ziek en onberekenbaar was.

'Je zei dat je mijn kleren ging halen. Ik wachtte op je. Je hebt tegen me gelogen. Ik dacht dat je aardig was maar door jouw schuld heb ik elektroshocks gekregen. Drie keer! Die verpleegsters wilden mijn haar afknippen.'

De punt van het mes trilde op een centimeter afstand van Madeleine Sheridans melkwitte parelsnoer.

'Ik wil naar huis!' schreeuwde Nina tegen haar moeder. Ze probeerde haar evenwicht te bewaren op het zadel toen de pony, de oren spits opgericht, met een ruk naar voren stapte om bij de kom suikerklontjes te komen.

Isabel wilde de stijgbeugels losmaken zodat Nina kon afstappen. De serveerster hielp mee en Nina kon haar been over het zadel zwaaien, maar ze durfde niet te springen omdat de pony opeens de achterbenen omhoogbokte.

Iemand op het terras belde de boswachter.

'Ze wilden mijn gedachten uit mijn hoofd branden!'

Ze zwaaide het mes voor Madeleine Sheridans ontstelde gezicht heen en weer. Twee witte veertjes vielen uit haar haar en dwarrelden in de richting van Nina, die nog steeds van de pony wilde springen.

'De artsen loerden naar me door een kijkgaatje. Ze hebben vlees in mijn strot geprop. Ik kon niet eens crème op mijn gezicht smeren, zo'n pijn deed mijn huid. Ik ga nog liever dood dan zoiets ooit nog te moeten doorstaan.'

Nina hoorde zichzelf iets zeggen.

'Kitty wil zichzelf verdrinken.'

Het was alsof zij de enige was die haar stemgeluid kon horen. Ze zei belangrijke dingen, maar kennelijk waren ze niet belangrijk genoeg.

'Katherine wil zichzelf verdrinken.'

Zelfs in haar eigen oren klonk het als een fluistering, maar ze dacht dat de oudere dame haar desondanks had gehoord. Haar moeder was erin geslaagd het mes

uit Kitty's hand te wringen. Madeleine Sheridan jam-
merde zachtjes. 'Ik moet de politie bellen. Ik ga haar
moeder bellen. Stante pede.' Ze viel stil omdat Jurgen
opeens ten tonele verscheen.

Het was alsof Kitty hem telepathisch had opgeroepen.
Hij praatte met de boswachter, die er hoofdschuddend
bij stond en het tafereel ontsteld bekeek.

'Ik heb getuigen.' De pompons op haar rode cape stui-
terden alsof het de getuigen waren aan wie ze refereer-
de.

Kitty greep Jurgens arm en liet zich tegen hem aan
vallen. 'Niet naar dokter Sheridan luisteren. Ze is door
mij geobsedeerd. Ik weet niet waarom, maar het is wel
zo. Vraag maar aan Jurgen.'

Jurgens lodderige ogen knipperden achter zijn ronde
brillenglazen.

'Kom nou maar mee naar huis, Kitty Ket.' Hij zei iets
in het Frans tegen Madeleine Sheridan en sloeg zijn
arm om Kitty's middel. Ze hoorden hem kalmerende
woordjes zeggen. 'Vergeet het vergeet het, Kitty Ket. We
zijn allemaal ziek door de vervuiling. We moeten een
natuurkuur nemen.'

Madeleine Sheridans ogen vonkten als kooltjes. Blauwe
kooltjes. Ze wilde per se de politie erbij halen. Ze was
aangevallen, gemolesteerd. Ze leek op een matador die
door een stier op de hoorns was genomen. De boswachter rammelde met de sleutelbos aan zijn ceintuur, die
bijna net zo groot was als de man zelf. Hij vroeg waar
die jonge vrouw woonde. Wist iemand haar adres? Als
mevrouw wilde dat hij de politie belde, had hij zulke
gegevens nodig. Isabel legde uit dat Kitty vijf dagen

geleden aan was komen waaien, nergens anders terecht kon, en dat ze haar daarom een kamer had aangeboden in de villa die ze hadden gehuurd.

Hij fronste en tikte met een sleutel tegen zijn kleine duimpje. 'U hebt haar toch wel een paar dingen gevraagd?'

Isabel knikte. Jawel, ze hadden haar dingen gevraagd. Jozef had willen weten wat een blad was. En een zaadlob.

'Volgens mij kunnen we de politie er beter buiten houden. Dit is een persoonlijke ruzie tussen twee mensen. Madame is geschrokken, maar niet gewond.'

Ze klonk schappelijk en een beetje Welsh.

De boswachter maakte drukke gebaren. 'Die jonge vrouw moet toch ergens vandaan komen?' Hij knikte naar twee mannen met modderige laarzen, die zo te zien wachtten op zijn toestemming om een stuk boomstam met een cirkelzaag te lijf te gaan.

'Jazeker,' snerpte Madeleine Sheridan. 'Ze komt uit een inrichting in Kent, een regio in Groot-Brittannië.' Ze betastte het parelsnoer om haar hals. 'Jouw man neemt haar morgen mee naar het Negresco om cocktails te drinken,' zei ze tegen Isabel.

Vrijdag

Op weg waarheen?

Mensen bleven staan om naar haar te kijken. Om te kunnen staren en te blijven staren naar dat visioen van die stralende jonge vrouw in een groene zijden jurk, die wel leek te zweven. Het linkerbandje van haar witte tapdansschoen was losgeraakt, alsof ze daarmee boven de peuken en chocoladereepwikkels op de stoep uit werd getild. Kitty Finch, die haar weelde aan koperrode krullen had opgestoken, was bijna net zo lang als Joe Jacobs. Ze liepen over de Promenade des Anglais in het zilverkleurige licht van de namiddag, toen de zeemeeuwen als een sneeuwbui neerstreken op de daken van Nice. Ze had haar witte donsstola om haar schouders geslagen, met het satijnen koordje losjes om haar hals geknoopt. Het windje vanaf de Middellandse Zee, die net zo blauw was als de kohlranden om haar ogen, mijmerde Joe, speelde lichtjes met de veren.

In de verte verrees de roze koepel van Hotel Negresco. Hij had zich voor de gelegenheid in een krijtstreeppak gestoken en zelfs een nieuwe fles parfum aangebroken die hij uit Zürich had ontvangen. Zijn parfummengster, de laatste levende alchemist uit de twintigste eeuw, hield vol dat de boventonen niet relevant waren en de diepe tonen zijn bedoeling zouden belichamen. Kitty stak haar naakte arm door zijn krijtstreeparm, een verticale rode streep, waardoor het geheel een beetje op de duizendpoot leek die Joe uit de rivier had gevist. Ze had hem niets verteld over Madeleine Sheridan (ze had er met Jurgen al uren over gepraat) en hij had haar niet verteld dat hij in de Russisch-orthodoxe kathedraal op zijn knieën was gevallen en twee kaarsen had aangestoken. De verwachtingsvolle spanning om nogmaals met elkaar af te spreken, had hen tot dingen aangezet die ze geen van beiden begrepen.

Ze beklommen de traptreden naar de marmeren entree, waar de portier met zijn rode uniform en witte handschoenen eerbiedig de boogvormige, glazen deur voor hen openhield, waar in gouden letters NEGRESCO op stond. Haar witte donscape wapperde achter haar aan als de vleugels van de zwaan waarvan ze geplukt waren. Ze liep niet maar zweefde de zwak verlichte bar in, met zijn verschoten roodfluwelen stoelen en wandtapijten.

'Zie je die olieverfschilderijen van edellieden in hun paleizen?'

Hij keek naar de portretten: een reeks aristocraten die met ernstige blik poseerden op gobelinstoelen in kille marmeren kamers.

'Mijn moeder poetst hun zilver en wast hun onderbroeken.'

'Werkt ze als schoonmaakster?'

'Ja. Vroeger maakte ze ook de villa bij Rita Dwighter schoon. Daarom kan ik er gratis logeren.'

Ze bloosde, maar hij had zijn antwoord paraat.

'Mijn moeder werkte ook als schoonmaakster. Ik jatte

voor haar altijd eieren uit kippenhokken, stopte ze in mijn zakken en nam ze mee naar huis.'

Ze zaten naast elkaar in de antieke stoelen. Zijn fluisterstem liet haar witte donsstola trillen. Hij wees op een kaartje dat tegen de bloemenvaas op tafel stond. 'Dat is vast van Marie Antoinette.'

Kitty leunde naar voren en pakte het op. 'Cocktail van de maand: champagne met iets wat ze Crème de Fraise des Bois noemen.'

Joe knikte alsof het belangrijk nieuws was.

'Na de revolutie moet iedereen een cocktail van de maand hebben. Zullen we er nu maar vast een bestellen?'

Ze knikte enthousiast.

De kelner stond al naast hun stoel en nam hun bestellingen op alsof het hem een grote eer was. Een verveelde musicus in een vlekkerig jasje zat achter de piano in de hoek van de bar en speelde *Eleanor Rigby*. Ze sloeg haar benen over elkaar en wachtte tot hij over haar gedicht zou beginnen. Ze had gisteravond iets angstaanjagends gezien waar ze met hem over wilde praten. De jongen had weer naast haar bed gestaan. Hij zwaaide verwoed alsof hij haar om hulp riep en hij had twee kippeneieren in zijn zak. Hij was haar geest binnengedrongen. Ze had de spiegels bedekt, voor het geval hij terug zou komen. Ze verborg haar handen onder haar tasje op haar schoot, zodat hij niet zou zien hoe ze beefden.

'Vertel eens over je moeder. Lijk je op haar?'

'Nee, ze is moddervet. Ik pas in haar bovenarm.'

'En ze kent de eigenares van de vakantievilla?'

'Ja. Rita Dwighter heet ze.'

'Wat weet je van Rita met haar portefeuille van eigendom en leed?'

Maar ze had geen zin om over de werkgeefster van haar moeder te praten. Zijn onverschilligheid over de envelop die ze onder zijn deur had geschoven, stak als een angel in haar vlees. Hij meed het onderwerp hardnekkig. Ze haalde diep adem en rook de kruidnagel in zijn parfum.

'Rita heeft zoveel vastgoed dat ze om fiscale redenen naar Spanje is gevlucht en maar een beperkt aantal dagen per jaar in Engeland kan verblijven. Mijn moeder zei tegen haar dat ze op een vluchteling leek. Toen was Rita gepikeerd en zei dat haar therapeut had gezegd dat ze haar hebzucht moest accepteren.'

Hij lachte en nam een paar nootjes uit het bakje dat op de tafel stond. Ze proostten en nipten van hun cocktail van de maand.

'Wat is je favoriete gedicht, Kitty?'

'Bedoel je een van mezelf of van iemand anders?' Hij moest ondertussen doorhebben dat hij haar favoriete dichter was. Daarom was ze hier. Zijn woorden zaten in haar binnenste. Ze begreep ze al voordat ze ze had gelezen. Maar hij hield zich vooralsnog op de vlakte. Opgewekt, als altijd. Zo godvergeten opgewekt dat ze haar hart vasthield dat hem iets vreselijks zou overkomen.

'Ik bedoel Walt Whitman of Byron of Keats of Sylvia Plath.'

'O, dat bedoel je.' Ze nam nog een teugje. 'Nou, voor mij is dat er maar één. Het is van Apollinaire.'

'Van wie?'

Ze boog zich naar voren en pakte de pen die standaard als een microfoon aan zijn borstzakje zat geklemd.

'Geef je hand eens.'

Hij legde zijn hand op haar knie, zijn handpalm maakte een donkere zweetafdruk op haar jurk van groene zijde. Ze stak de punt zo hard in zijn huid dat hij schrok. Ze was sterker dan ze eruitzag, omdat ze zijn hand vasthield en hij zich niet kon of wilde losrukken. Ze deed hem pijn met zijn eigen pen terwijl ze een zwarte tatoeagelijn van letters op zijn huid tekende.

H
E
T
R
E
G
E
N
T

Hij staarde naar zijn pijnlijke hand. 'Waarom vind je dat zo mooi?'

Ze bracht haar champagneglas naar haar lippen en ging met haar tong langs de rand om de aardbeienpulp op te likken.

'Omdat het altijd regent.'

'O ja?'

'Ja. Dat weet je toch wel?'

'O ja?'

'Het regent altijd als je je rot voelt.'

Het beeld van Kitty Finch in een eeuwige regenbui, lopend door de regen, slapend in de regen, shoppend en zwemmend en planten plukkend in de regen, intrigeerde hem. Zijn hand lag nog steeds op haar knie. Hij wilde haar vragen hem los te laten, maar vroeg in plaats daarvan of ze nog een cocktail lustte. Ze was in gedachten verzonken. Ze zat rechtop in haar fluwelen stoel met zijn pen in haar hand. De gouden punt wees naar het plafond. Kleine zweetpareltjes gleden langs haar hals. Hij liep naar de bar en leunde met zijn elleboog op de toog. Misschien moest hij iemand van het personeel smeken om hem naar huis te brengen, zou dat niet beter zijn? Dit was onmogelijk. Een onmogelijk tarten van rampspoed, maar het was al gebeurd, het was al in gang gezet. Het was al gebeurd en het gebeurde weer, maar hij moest zich tot het eind blijven verzetten. Hij staarde naar de zwarte regen die ze in inktletters op zijn hand had gezet en zei in zichzelf dat ze daar stonden om zijn vechtlust af te zwakken. Ze was slim. Ze wist wat de regen kon aanrichten. Regen kon harde dingen afzwakken. Hij zag dat ze naar iets in haar tas zocht. Ze hield nu een boek in haar handen, een van zijn boeken, en ze onderstreepte een versregel met zijn pen. Was ze misschien een uitzonderlijke woordkunstenares? Die gedachte was niet eerder bij hem opgekomen. Wie weet.

Joe bestelde nogmaals twee cocktails van de maand. De bartender liet monsieur weten dat hij ze zou komen brengen, maar Joe wilde nog niet in zijn stoel gaan zitten. Ze wist redelijk veel van poëzie. Zeker voor een botanicus. Waarom had hij haar niet verteld dat hij haar gedicht had gelezen? Wat hield hem tegen? Was het beter als hij op zijn instinct afging en niet onthulde dat hij het dreigement doorzag dat ze in de envelop had gestopt? Ditmaal klokte Joe zijn aardbeienchampagne achterover alsof het een biertje was. Hij bracht zijn lippen naar de hare die zoet waren van de aardbeienchampagne en kuste haar. Toen ze hem niet tegenhield,

kuste hij haar nogmaals en verstrengelden zijn zwart-
grijze haren zich met haar koperrode krullen. Haar
normaal zo bleke wimpers, nu klonterig van de zwarte
mascara, knipperden tegen zijn wang. Hij legde zijn
handpalm op haar lange ranke hals en voelde hoe haar
groengelakte nagels zich in zijn knie boorden.

'We kussen elkaar in de regen.' Haar stem klonk hard
en zacht tegelijk. Net als de fluwelen stoelen. Net als de
zwarte inktletters op de rug van zijn hand.

Ze hield haar ogen stijf dichtgeknepen terwijl hij haar
door de lobby leidde, met de zware Oostenrijkse kroonluchter aan het plafond. Haar hoofd tolde en ze snakte
naar een glas water. Ze hoorde hem bij de Italiaanse
receptionist informeren of er kamers vrij waren. Ze
deed haar ogen open. De gladde Italiaan liet zijn vingers over het toetsenbord dansen. Jazeker was er een
kamer vrij. Maar wel een in Louis XVI-stijl in plaats
van art deco en zonder uitzicht op zee. Joe gaf zijn creditcard. De piccolo bracht hen naar de lift met spiegel-
wanden. Hij droeg witte handschoenen en bediende de
knoppen. Ze staarde naar de duizendvoudige reflectie
van Joe's vochtige arm om haar middel, naar de groene
zijde van haar jurk die zachtjes beefde terwijl ze naar de
derde etage werden gebracht met de lift waar het naar
leer rook.

Metaforen

Madeleine Sheridan had Isabel formeel uitgenodigd op Maison Rose. Ze bood haar een glas sherry aan en wees op de ongemakkelijk uitziende chaise longue. 'Ga lekker zitten.' Zelf nam ze de leunstoel ertegenover en viste snel een paar zilveren haren uit haar glas whisky. Haar ogen waren zo troebel als het zwembadwater waar Kitty gisteren over had geklaagd tegen Jurgen en ze vreesde dat ze haar gezichtsvermogen ging verliezen. Het sterkte haar in haar voornemen Isabel te helpen de zaken op een rijtje te krijgen. Om haar te helpen begrijpen dat het geen kleinigheid was om bedreigd te worden met een mes. Gek genoeg ervoer ze een snijdende pijn in haar hals terwijl Kitty haar niet fysiek had aangeraakt. Ze praatte meer als dokter Sheridan dan als Madeleine toen ze Isabel uitlegde dat ze Kitty's moeder had opgebeld, die had toegezegd zondagochtend op het vliegveld van Nice te zijn. Mevrouw Finch zou met een auto naar de vakantievilla komen om Kitty op te halen en mee naar huis te nemen. Isabel hield haar blik strak op haar sandalen gericht.

'Je bent er wel erg zeker van dat Kitty geestesziek is, Madeleine.'

'Dat ben ik ook. Ze is echt ziek.'

Bij alles wat Isabel zei, klonk ze in Madeleine Sheridans oren als een nieuwslezeres. Haar voornemen om het extravagante gezin Jacobs de waarheid onder ogen te laten zien, was sterker dan ooit.

'Het leven is iets wat ze moet leiden terwijl ze dat niet wil. Nina heeft het ons al verteld.'

Isabel nipte van haar sherry. 'Maar ... het is een gedicht, Madeleine, meer niet.'

Dokter Sheridan zuchtte. 'Het meisje was altijd al een beetje in de war. Ze is wel heel mooi, vind je ook niet?'

'O zeker, ze is beeldschoon.' Isabel hoorde het zichzelf zeggen alsof ze bang was voor de lading van haar woorden.

'Als ik zo vrij mag zijn ... waarom heb je een meisje van wie je niets wist bij jullie uitgenodigd, Isabel?'

Isabel haalde haar schouders op alsof het antwoord voor de hand lag.

'Ze kon nergens heen en wij hadden meer dan genoeg ruimte voor ons allemaal. Wie heeft er nou vijf badkamers nodig?'

Madeleine Sheridan probeerde Isabel te doorgronden met haar blik, maar ze zag alleen maar vage omtrekken. Haar eigen lippen bewogen. Ze sprak tegen zichzelf in het Frans omdat ze dingen zei die in het Engels niet zo goed overkwamen. Haar gedachten beukten tegen haar lippen, KahKahKah, alsof ze inderdaad geobsedeerd was door Kitty Finch die, Joost mag weten waarom, op een schild was gehesen door Jurgen en alle anderen die ze zo goed wist te manipuleren. De afgelopen drie weken had ze het gezin Jacobs vanuit de beste zitplaats in het theater gadegeslagen, onzichtbaar op haar balkon. Isabel Jacobs mocht Kitty dan zo goed als in de armen van haar dwaze echtgenoot hebben gedreven, ze liep daarbij wel het risico haar eigen dochter te verliezen. Zo was het. Als haar man het in zijn hoofd haalde dat geschifte meisje te verleiden, was de terugkeer naar hun vroegere leven uitgesloten. Isabel zou hem moeten vragen het huis te verlaten. Nina Jacobs zou als een moordenares moeten kiezen wie van haar twee ouders ze voortaan in haar leven kon missen. Had Isabel nog niet begrepen dat haar dochter al gewend was aan een leven zonder moeder? Madeleine Sheridan probeerde haar lippen niet meer te laten bewegen, omdat er van die onplezierige woorden uit haar mond kwamen. Ze kon nog net zien dat Isabel heen en weer schoof op haar chaise longue. Benen die ze linksom, dan weer rechtsom over elkaar sloeg. Het was zo moordend heet buiten dat ze haar stokoude plafondwaaier had aangezet; de schoepen kermden boven hun hoofden. Madeleine voelde (ze kon het niet zien) dat Isabel een dappere vrouw was. Toen ze medicijnen studeerde, had ze jonge vrouwen gezien die cardioloog, gynaecoloog, oncoloog wilden worden. De ommezwaai kwam als ze kinderen kregen. Ze werden moe. Ze waren altijd moe. Madeleine Sheridan hoopte dat deze verzorgde, enigmatische vrouw die bij haar in de huiskamer zat, zou verzwakken, ze wilde dat Isabel ook moe werd of iets van kwetsbaarheid anderszins zou tonen, dat ze haar nodig zou hebben en dit gesprek op juiste waarde zou weten te schatten en te waarderen. Vooral dat.

In plaats daarvan speelde de bedrogen echtgenote met haar lange zwarte lokken en vroeg om nog een sherry. Ze deed bijna koket.

'Wanneer ben je met pensioen gegaan, Madeleine? Ik heb vaak artsen geïnterviewd die onder deplorabele omstandigheden moesten werken, zonder bedden, zonder licht, soms zelfs zonder medicijnen.'

Madeleine Sheridans hals deed pijn. Ze leunde naar voren, in de richting van de vrouw die ze probeerde te vernietigen, haalde hortend adem en wachtte op woorden die moesten komen; iets over haar werk voor ze met pensioen ging, iets over hoe moeilijk het was om patiënten die weinig geld hadden over te halen te stoppen met roken.

'Ik ben vandaag jarig.'

Ze hoorde zelf haar jengelende toontje, maar het was te laat om de zin in te slikken en nog een andere stem op te zetten. Het liefst had ze het opnieuw gezegd, maar dan luchtig en vrolijk alsof ze het vermakelijk vond überhaupt in leven te zijn. Isabel fronste.

'Nou ja zeg, gefeliciteerd! Als ik dat had geweten, had ik wel een fles champagne meegenomen.'

'Ach, wat attent van u.' Opnieuw kon Madeleine Sheridan zichzelf horen, maar deze keer klonk ze weer als de Engelse middenklasser.

'Iemand heeft mijn tuin vernield en mijn rozen gestolen. Ik ben me er uiteraard zeer wel van bewust dat Kitty Finch woedend op me is.'

De extravagante vrouw van de dichter mompelde iets dat het stelen van een roos niets zei over iemands geestesgesteldheid, en bovendien werd het al laat en ze wilde haar dochter naar bed brengen. Door het raam kon ze de vollemaan langs de hemel zien glijden. Wat zou de vrouw van de dichter op dit moment aan het doen zijn? Ze liep op haar af. Ze kwam steeds dichterbij. Ze rook honing.

Isabel Jacobs feliciteerde haar opnieuw en haar lippen voelden warm op haar wang. De kus deed net zoveel pijn als haar schrijnende keel.

Vreemde talen

Nina lag te slapen, maar in haar droom was ze wakker en liep ze naar het gastenverblijf waar Kitty op bed lag. Haar gezicht was gezwollen en ze had een gespleten lip. Ze leek op Kitty, maar niet veel. Ze hoorde Kitty haar naam fluisteren.

Nina sloop dichterbij. Kitty's oogleden waren bedekt met poederachtige groene oogschaduw. Het leken wel boomblaadjes. Nina ging aan het voeteneinde zitten. Ze mocht niet naar Kitty toe omdat ze gevaarlijk was. Ze haalde gevaarlijke toeren uit. Nina slikte moeizaam en vertelde de dode Kitty een paar dingen.

Je moeder komt je ophalen.

Ze legde een blauwe suikermuis op Kitty's voet. De muis had een stukje koord als staartje. Nina had hem onder Kitty's bed gevonden.

Hier, ik heb ook een stukje zeep voor je gekocht.

Ze had gezien dat Kitty heel vaak naar zeep had gezocht in haar badkamer en zei dat ze al haar geld had uitgegeven aan een huurauto.

Ik heb je gedicht gelezen. Ik vond het briljant. Het beste wat ik ooit van mijn leven heb gelezen.

Ze citeerde Kitty's versregels. Niet zoals ze in het gedicht stonden, maar zoals ze zich de woorden herinnerde.

Vooruit springend met beide voeten
Achteruit springend met beide voeten
Denkend aan manieren om te leven

Kitty's oogleden trilden en Nina wist dat ze er helemaal naast zat met haar gedicht en het niet goed had onthouden. En ze vroeg Kitty om haar tong uit te steken, maar Kitty sprak tegen haar in het Jiddisj of misschien wel in het Duits en ze zei 'Sta op!', waardoor Nina wakker werd.

Geld is hard

Hij liet zijn handen om haar hals glijden en maakte het witte satijnen koordje van haar donscape los. Het hemelbed met de goudbrokaten gordijnen leek wel op een grot. Ze hoorde buiten een autoalarm afgaan terwijl de meeuwen op de vensterbank krijsten en hield haar blik strak op het behang gericht. De veren van haar stola lagen over het bed verspreid alsof de vossen hem te pakken hadden gehad. Ze had de stola op een vlooienmarkt gekocht in Athene, maar ze droeg hem nu pas voor het eerst. De zwaan stond symbool voor het stervende jaar in de herfst, had ze ooit gelezen. De zin was in haar hoofd blijven hangen en deed haar denken aan de zwanen die hun kop in het water staken en dan ondersteboven hingen. Ze had de cape bewaard voor een speciale gelegenheid, misschien wel deze; het was lastig na te gaan wat er door haar hoofd speelde op het moment dat ze geld neertelde voor deze donsveren die de watervogel tegen de kou hadden behoed en de veren die ze vroeger als schrijfpen gebruikten. Hij was nu in haar, maar daar was hij sowieso al, dat had ze op geen andere wijze tegen hem kunnen zeggen dan met haar gedicht dat hij niet had gelezen en nu hield het alarm op en kon ze buiten stemmen horen. Een autodief moest een raampje hebben ingeslagen want iemand veegde glasscherven op.

Na een poosje vulde hij de badkuip voor haar.

Ze liepen langs de receptie en ze stond onder de oogverblindende Oostenrijkse kristallen kroonluchter terwijl Joe iets met zijn pen ondertekende. De Italiaanse receptionist overhandigde hem zijn creditcard en de portier hield de deur voor hen open. Alles was als voorheen, maar dan een beetje anders. De pianist speelde nog steeds *Eleanor Rigby* in de bar waar ze twee uur geleden hadden gezeten, maar deze keer zong hij erbij. De rijen palmbomen aan weerszijden van de tweebaansweg waren sprookjesachtig verlicht met goudkleurige lampen. Kitty rammelde met de autosleutels en riep dat Joe even moest wachten omdat ze een suikermuis bij het stalletje op de boulevard wilde kopen. De muizen stonden in formatie op een zilveren dienblaadje. Roze, wit, geel, blauw. Ze drong zich langs een Vietnamese vrouw die aardbeienschuimpjes kocht en keek naar de muizenstaartjes die van koordjes waren gemaakt. Haar keus viel op een blauwe. Terwijl ze naar muntgeld zocht liet ze de autosleutels vallen. Ze liepen naar de auto en ze zei dat ze trek had. Haar gestotter was teruggekeerd om hen allebei te kwellen. Konden ze ergens gaan zitten voor een puh puh puh? Natuurlijk, zei hij, ik heb ook zin in pizza, en ze vonden een restaurantje naast de kerk, waar ze in de zoele avond konden plaatsnemen op het terras buiten. Het was voor het eerst dat hij haar zag eten. Ze schrokte de pizza met ansjovis naar binnen en hij bestelde er nog een met kappertjes en ze dronken rode wijn alsof ze de geliefden waren die ze eigenlijk niet mochten zijn. Ze speelde met het waxinelichtje op de tafel, drukte haar vingers in de zachte was, en toen hij erom vroeg gaf ze het aan hem om voor altijd te bewaren, al zaten haar vingerafdrukken hoe dan ook over zijn hele lichaam, zei ze. En toen vertelde ze over het ziekenhuis in Kent waar de verpleegsters uit Odessa tijdens de lunchpauze elkaars zuigzoenen vergeleken. Ze had daar ook over geschreven, maar ze ging hem niet vragen dat te lezen – ze zei het alleen omdat ze het in haar eerste gedichtenbundel wilde opnemen. Hij schepte sla met artisjokken op haar bord en zag hoe ze met haar spitse vingers stukken brood in de olijfolie doopte. Ze lieten hun glazen klinken en ze vertelde dat ze na de elektroshocks beschadigd op witte lakens lag en wist dat de Engelse artsen haar gedachten niet hadden verbrand, etc. Hij begreep vast wat ze bedoelde en dat deze zoele avond een goed moment was om erover te praten, in plaats van overdag, omdat de dagen in Nice hard waren en naar geld roken. Hij beaamde dit alles knikkend en al stelde hij geen vragen, hij wist dat ze op een bepaalde manier toch haar gedicht bespraken. Twee uur later, toen ze op de bergweg langs gevaarlijke ravijnen reden, boog Kitty zich naar voren en hij keek op zijn horloge. Ze kon goed rijden. Haar sterke handen om het stuur, met vingers die glommen van het kaarsvet, manoeuvreerden de auto door de haarspeldbochten. Kitty toeterde luid omdat er opeens een konijntje overstak. De auto begon vervaarlijk te slingeren.

Ze vroeg of hij het raampje open wilde doen omdat ze de nachtdieren over en weer wilde horen roepen. Hij deed wat ze zei en vroeg of ze haar blik op de weg wilde houden. 'Ja,' zei ze nogmaals, nu met haar blik op de weg. Haar zijden jurk gleed van haar schouders toen ze zich over het stuur boog. Hij wilde haar iets vragen. Het lag erg gevoelig dus hij hoopte dat ze het zou begrijpen.

'Het zou beter zijn als we deze avond geheimhielden voor Isabel.'

Kitty's lach liet de blauwe muis op haar schoot stuiteren.

'Isabel weet het al.'

'Wat weet ze dan?' Hij werd duizelig, zei hij. Kon ze iets langzamer rijden?

'Daarom heeft ze mij gevraagd te blijven. Ze wil bij je weg.'

Hij wilde nu echt dat ze vaart minderde. Hij kreeg last van hoogtevrees en kon bijna voelen hoe hij in de afgrond viel al zat hij gewoon in de auto. Zou het kloppen dat Isabel het begin van het eind van hun huwelijk zelf had geëntameerd en hiertoe Kitty Finch had uitgenodigd, om zijn laatste bedrog uit te lokken? Hij durfde niet te kijken naar de waterval die langs de rotsen naar beneden stortte, of naar het struikgewas met naakte wortelstronken dat zich aan de bergwand hechtte.

'Waarom ga je niet met je rugzak naar de papavervelden van Pakistan, zoals je van plan was?'

'Goed idee. Ga je mee?'

Hij trok zijn arm terug die hij om haar schouders had gelegd en staarde naar de woorden die ze op de rug van zijn hand had geschreven. Hij was gebrandmerkt als een stuk vee. Tot eigendom verklaard. De koude berglucht beet in zijn lippen. Ze reed veel te snel op deze weg waar vroeger bos was. Ooit woonden hier oermensen. Ze bestudeerden het vuur en de beweging van de zon. Ze lazen de wolken en de maan en probeerden de menselijke geest te doorgronden. Zijn vader had geprobeerd hem spoorloos in een Pools bos te laten opgaan toen hij vijf jaar oud was. Hij wist dat hij geen sporen of

voetstappen mocht achterlaten die zijn bestaan ver-
raadden omdat hij nooit de weg terug naar huis mocht
vinden. Dat had zijn vader hem gezegd, met die woorden. Je mag nooit je weg terug naar huis vinden. Een
onmogelijke taak voor een vijfjarige, maar desalniette-
min.

'Waarom heb je het gelezen? Mijn pohpohpoh.'
'Lieveling' hoorde ze hem zeggen toen ze haar witte
schoen op het rempedaal zette. De auto bewoog zich
schokkerig naar de rand. Hij zei 'lieveling' met op-
rechte tederheid. Zijn stem klonk anders. Haar hoofd
tolde alsof ze vijftien espresso's en een handvol suiker-
klonten achterover had geslagen. Ze schakelde de motor uit, zette de wagen op de handrem en leunde achterover. Eindelijk. Eindelijk praatte hij tegen haar.
'Het is niet eerlijk om net te doen alsof je mijn mening
over je gedicht wilt terwijl je in wezen op zoek bent
naar redenen om te leven. Of naar redenen om niet
dood te willen.'
'Jij zoekt ook naar redenen om te leven.'
Hij leunde opzij en kuste haar ogen. Eerst het linker,
toen het rechter, alsof ze al een lijk was.
'Ik ben niet de aangewezen persoon om je gedicht te
beoordelen. Dat weet jij net zo goed als ik.'
Ze dacht hier een poosje over na, sabbelend op haar
blauwe suikermuis.
'Het doodgaan zelf is niet van belang. Het nemen van
de beslissing om dood te gaan wel.'
Hij pakte zijn zakdoek om zijn ogen te verbergen. Hij
had gezworen zijn vrouw en zijn dochter nooit getuige
te laten zijn van de onrust, de waardeloosheid en pa-

niek in zijn blik. Hij hield van hen, van zijn vrouw met haar donkere haren, hij hield van zijn dochter. Nooit zou hij hun kunnen vertellen wat al zo lang door zijn hoofd spookte. De onwelkome tranen stroomden op dezelfde manier uit zijn ogen als bij Kitty Finch in de boomgaard vol lijdende bomen en grommende, onzichtbare honden. Hij moest om vergiffenis vragen dat hij zijn verlangens niet de kop had ingedrukt, dat hij het gevecht niet genoeg was aangegaan.

'Sorry voor wat ik in het Negresco heb gedaan.'

'Je hebt er spijt van?'

Ze klonk zacht, zelfverzekerd en als de redelijkheid zelve.

'Ik wist dat je van zijde hield, dus had ik een zijden jurk aangetrokken.'

Hij voelde haar vingers op zijn vochtige wangen en rook zijn parfum in haar haar. Hun intimiteit van daarstraks had hem op de rand gebracht van iets wat zowel oprecht als gevaarlijk was. Naar de rand van alle bruggen in Europa waar hij op had gestaan. De Theems die door het zuiden van Engeland naar de Noordzee stroomt. De Donau die zijn oorsprong heeft in het Zwarte Woud in Duitsland en eindigt in de Zwarte Zee. De Rijn die in de Noordzee uitkomt. Seks met haar had hem naar het randje van de gele lijn op de perrons van metro- en treinstations gebracht waar hij in dubio had gestaan. Wel of niet. Paddington. South Kensington. Waterloo. Eén keer in de metro van Parijs. Tweemaal in Berlijn. De dood was al zo lang in zijn hoofd aanwezig. De gedachte om zich in rivieren en voor treinen te werpen duurde twee seconden, een huivering, een rilling, een oogwenk, een stap voorwaarts, die, tot dusver, altijd

werd gevolgd door een stap achterwaarts. Een stap terug naar vijf glazen bier voor de prijs van vier, terug
naar het braden van een kip voor Nina, terug naar een
kopje thee – Yorkshire-thee of Tetley, nooit Earl Grey –
terug naar Isabel, die altijd elders verkeerde.

Hij was niet de aangewezen persoon om te vragen of
ze moest doorgaan met leven, want hij kon amper
zichzelf overeind houden. Hij vroeg zich af welke ca-
tastrofe in Kitty Finch huisde. Ze was haar herinnerin-
gen vergeten, zei ze. Hij wilde zichzelf afsluiten, net als
de winkel van Mitchell en Laura in Euston. Alles wat
ooit open was, moest dicht. Zijn ogen. Zijn mond. Zijn
neus. Zijn oren die nog altijd geluiden opvingen. Hij
zei tegen Kitty Finch dat hij haar gedicht had gelezen
en sindsdien een gerinkel vanbinnen hoorde. Als
schrijfster bezat ze enorme krachten en hij hoopte van
harte dat ze haar plannen ten uitvoer zou brengen.
Naar de Chinese Muur reizen, naar de sprankelende
vitaliteit en dromen van India, en ze mocht de mysterieus glinsterende meren dichter bij huis, in Cumbria,
zeker niet overslaan. Stuk voor stuk dingen om naar uit
te kijken.

Het werd donker en ze zei dat de remmen van deze
huurauto niet deugden. Ze kon niets zien, ze zag haar
eigen handen niet eens.

Hou je ogen op de weg, zei hij, doe nou maar, en toen
hij dat zei, kuste ze hem met haar voet op het gaspedaal.

'Ik weet wat je denkt. Het leven is alleen de moeite
waard omdat we hopen dat het beter zal worden en we
weer veilig thuiskomen. Maar je hebt het geprobeerd en

je bent niet veilig thuisgekomen. Je bent helemaal niet thuisgekomen. Daarom ben ik hier, Jozef. Ik ben naar Frankrijk gekomen om je voor je eigen gedachten te behoeden.'

Zaterdag

Nina Ekaterina

Zaterdag werd Nina bij het ochtendgloren wakker en ze voelde direct de verandering. De deuren naar haar balkon stonden wijd open alsof er 's nachts iemand in haar kamer was geweest. Toen ze het opgerolde gele velletje papier op haar kussen zag, wist ze dat ze beter de lakens over haar hoofd kon trekken en de hele dag in bed blijven. Het papier was in een beverig handschrift beschreven, door iemand die haast had en die blijkbaar graag dingen opschreef. Ze las het briefje en sloop de trap af naar de tuindeuren die op het zwembad uitkwamen. Ze stonden al open, zoals ze had verwacht. Ze wist ook wat ze zou aantreffen.

Het verbaasde haar niet dat er iets in het water dreef. Bij een tweede blik zag ze dat Kitty's lichaam niet dreef maar verticaal in het water dobberde. De geruite kamerjas was van haar schouders gegleden en zwierde om haar heen. Het gele luchtbed botste tegen de rand van het zwembad en deinde zachtjes in de richting van het lichaam. Ze hoorde zichzelf roepen.

'Kitty?'

Het hoofd hing laag in het water, achterover, met wijd

geopende mond. En toen zag ze de ogen. De glazige ogen stonden open en het waren niet de ogen van Kitty.

'Papa?'

Haar vader gaf geen antwoord. Ze dacht dat hij een grap uithaalde. Hij kon elk moment uit het water verrijzen en tegen haar brullen.

'Papa?'

Zijn lichaam dreef daar zo groot en zo stil. Al het lawaai dat haar vader voortbracht, al die woorden, het tumult en uitlatingen die in dat lichaam huisden, ze waren allemaal verdwenen in het water. Het enige wat ze besefte was dat ze schreeuwde en dat er deuren werden opengesmeten en dat haar moeder in de poel was gedoken. Mitchell sprong ook in het water. Samen duwden ze het lichaam langs het luchtbed en met vereende krachten tilden ze het op de kant. Nina hoorde haar moeder iets tegen Laura schreeuwen. Ze zag dat Mitchell het lichaam op de tegelstenen legde en met vlakke handen op de borst duwde. Ze hoorde het water druipen toen haar moeder de kamerjas uit het zwembad trok. Ze begreep niet waarom het zo zwaar was totdat haar moeder iets uit de zak haalde. Het was een grote steen met een gat erin. Nina zag haar nog drie van die stenen uit de zakken pulken, stenen waar ze met Kitty op het strand naar had gezocht. Ze bedacht dat er al enige tijd verstreken moest zijn omdat de zon die op het water scheen de kleur had veranderd. Ze huiverde en keek omhoog, maar zag de zon niet.

Mitchell stak zijn vingers in haar vaders keel. En toen kneep hij zijn neus dicht. Mitchell hijgde en bleef haar vader gek genoeg kussen, keer op keer.

'Ik weet het niet, ik weet het niet.'

Laura stormde de villa in en schreeuwde iets over de handleiding. Waar was Jurgen? Iedereen riep zijn naam. Nina voelde iemands hand op haar hoofd. Kitty Finch streelde haar haar. En toen duwde Kitty haar door de tuindeuren naar binnen en zei dat ze op de bank moest gaan zitten zodat ze Laura kon helpen zoeken naar de handleiding. Dat was het enige wat Nina in de daaropvolgende vijf minuten hoorde. Waar is de handleiding? Heeft iemand de handleiding gezien? Alhoewel Nina nog steeds niet wist of haar vader of Kitty dood of levend was, bleef ze gehoorzaam op de bank zitten en staarde naar de reproducties van Picasso aan de muur. Een visgraat. Een blauwe vaas. Een citroen. Pas toen ze Laura hoorde schreeuwen 'Geel! De handleiding is geel!' realiseerde ze zich dat ze een geel papiertje in haar hand hield en zwaaide ermee naar Laura. Laura rukte het met ontstelde blik uit haar hand en rende naar de telefoon. Nina zag haar turen naar de nummers.

'Ik weet het niet, Kitty. Ik weet niet wie ik moet bellen.'

Kitty gaf verstrooid antwoord.

'Het ziekenhuis is in Grasse aan de Chemin de Clavary.'

Het begon te regenen. Nina hoorde zichzelf snikken. Ze stond buiten en zag zichzelf in de glazen deuren.

De ambulance arriveerde tegelijk met de politie. Madeleine Sheridan was er ook. Ze schreeuwde iets naar Mitchell.

'Til zijn hoofd op, knijp zijn neus dicht!' en Nina zag haar vingers diep wegzinken in haar vaders hals, op zoek naar een hartslag.

'Trek hem niet overeind, Mitchell, misschien is zijn ruggengraat beschadigd.'

En toen hoorde ze de oudere dame roepen: '... Daar! Gevonden ...!'

Nina stond te snikken in de regen omdat ze nog altijd niet zeker wist wat er aan de hand was. Ze rende op haar moeder af en ontdekte dat ze erg veel kabaal maakte bij het huilen. Het klonk als lachen, maar dat was het niet. Haar tanden waren ontbloot en ze voelde een lichte kramp in haar middenrif. Ze fronste en hoe harder ze huilde, des te dieper haar frons werd. Ze voelde haar moeders armen om haar heen, haar troostende hand in haar nek. Haar moeder had een nachtjapon aan die koud en nat was en naar dure crèmes rook. Als kind speelde ze altijd een luguber spelletje waarbij ze zichzelf de vraag voorlegde wie van haar beide ouders ze het liefst zag doodgaan. Ze had zichzelf met dit spel gekweld en nu drukte ze haar gezicht tegen haar moeders buik omdat ze besefte dat ze haar had verraden.

Door de zachtheid tegen haar wang moest ze nog harder huilen en ze dacht dat haar moeder begreep waarom, want ze hoorde haar in haar oor fluisteren, amper verstaanbare woorden, als een herfstblad dat ruiste in de wind: 'Het geeft niet, echt niet.'

Haar vader werd op een brancard gelegd. De politie had het zwembad leeg laten lopen. Jurgen was er ook. Hij had een bezem in zijn hand en stond ijverig tussen de plantpotten te vegen. Hij had zelfs een marineblauwe overall aangetrokken zodat hij meer op een conciërge leek.

Het nieuws

Isabel liep naar het ambulancepersoneel en nam Jozefs hand in de hare. Eerst meende ze dat er een rij mieren op de rug van zijn hand tot over zijn knokkels marcheerde. Toen ze beter keek, zag ze dat het klinkers en medeklinkers waren die in elkaar overliepen.

```
    H
    E
    T
       R
       E
       G
       E
          N
          T
```

Ze hoorde vlakbij de bijen gonzen en haar eigen gebiedende stem dat haar man per helikopter moest worden vervoerd, maar ze bleef vooral zijn naam herhalen.

Jozef. Alsjeblieft. Jozef. Jozef. Jozef, toe nou.

Waarom had hij zijn hand zo toegetakeld? Waar had hij dat gedaan en hoe verdroeg hij het en wat had het te betekenen? Ze kneep in zijn hand en vroeg hem om openheid. Zij op haar beurt beloofde hem openheid over haarzelf, met onmiddellijke ingang. Ze vertelde hoe graag ze zijn liefde als een regenbui over zich had willen laten komen. Dat was het soort regen waarnaar ze gedurende hun lange, onconventionele huwelijk had verlangd. Het ambulancepersoneel zei dat ze uit de weg moest gaan maar ze verzette geen stap omdat ze voor hem altijd al een stap opzij had gezet. Door hem lief te hebben had ze een kolossaal risico genomen. Dat ding, die dreiging, had in al zijn woorden op de loer gelegen. Vanaf de eerste dag had ze het geweten. Ze had het altijd al geweten. Hij had niet-gedetoneerde bommen en granaten in de paden en geulen van zijn boeken geplaatst, onder elk gedicht zat een mijnenveld, maar als hij nu zou sterven, zou zijn dochter voortaan door een eeuwig beschadigde wereld moeten lopen. Ze werd razend.

Jozef. Alsjeblieft. Jozef. Jozef. Toe nou.

Ze begreep opeens dat iemand haar opzij duwde en ze rook bloed.

Een gezette man met een kaalgeschoren hoofd en een revolver aan zijn riem stelde haar vragen. Op elke vraag zei ze dat ze geen rechtstreeks antwoord had. Wat was de naam van haar echtgenoot?

Jozef Nowogrodzki in zijn paspoort. Joe Harold Jacobs in alle andere identiteitsbewijzen. Ze dacht dat hij niet eens Nowogrodzki heette, maar dat zijn ouders die naam toch in zijn paspoort hadden laten zetten. Ze zei ook niet dat haar man nog meer namen had. JHJ, Joe, Jozef, de bekende dichter, de Britse dichter, de klootzakdichter, de Joodse dichter, de atheïstische dichter, de modernistische dichter, de post-holocaustdichter, de schuinsmarcherende dichter. En waar was deze monsieur Nowogrodzki geboren? In Polen. In Łódź. In 1937. Łódź, dat spreek je in het Engels uit als Wodge maar in het Frans wist ze het niet. De namen van zijn ouders? Ze wist niet hoe je die moest spellen. Had hij broers? Zussen? Ja. Nee. Hij had een zus. Ze heette Friga.

De rechercheur keek haar raar aan. Isabel deed waar ze goed in was.

Ze bracht hem op de hoogte, al was het nieuws geda-
teerd. Haar man was vijf toen hij in 1942 Engeland
werd binnengesmokkeld, halfdood van de honger en
met valse papieren. Drie dagen na zijn aankomst werden zijn vader, moeder en tweejarig zusje naar Chelm-
no gedeporteerd, een concentratiekamp in het westen
van Polen. De rechercheur sprak slecht Engels en stak
zijn hand op alsof hij het verkeer op een drukke weg
wilde regelen. Hij zei tegen de vrouw van de Joodse
dichter dat hij het heel erg vond dat de Duitsers in 1939
Polen waren binnengevallen, maar zijn belangrijkste
zorg gold op dit moment een moordonderzoek aan de
Côte d'Azur in 1994. Klopte het dat monsieur Nowogrodzki of monsieur Jacobs een afscheidsbriefje voor
zijn dochter had achtergelaten? Of was het een gedicht?
Bewijsmateriaal soms? Hoe dan ook, het was gericht
aan Nina Ekaterina. Hij stopte de gele handleiding in
een plastic zakje. Op de ene zijde stond de gebruiksaan-
wijzing voor de vaatwasser. Op de andere waren vijf
zinnen in zwarte inkt geschreven. Kennelijk waren het
instructies voor zijn dochter.

Het was nog voor zessen maar het hele dorp was al op de
hoogte van het gebeurde. Toen Claude met een zak
broodjes bij de villa langskwam, werd hij door Mitchell,
die voor de verandering geen trek had en branderige
ogen had van het chloorwater, weggestuurd. Het ambulancepersoneel riep over en weer instructies en Isabel
zei tegen Nina dat zij ook met de ambulance meeging.
Ze wilden buisjes in haar vaders neus duwen en zijn
maag leegpompen terwijl ze hem naar het ziekenhuis
brachten. De ambulancewagen reed de weg door de

bergen af. Nina merkte dat Claude haar naar het huis van Madeleine Sheridan bracht, dat Maison Rose werd genoemd ook al was het blauw geschilderd. Onderweg zag ze Jurgen die zijn armen om Kitty heen had geslagen en toen ze Mitchell 'flikker op en kom nooit meer terug' hoorde snauwen, kon iedereen Kitty's antwoord horen. Ze fluisterde weliswaar, maar ze had net zo goed kunnen schreeuwen, omdat iedereen toch al wist wat ze zei.

'Hij heeft zichzelf neergeschoten met een van jouw revolvers, Mitchell.'

Mitchells grote lichaam was voorover geklapt. Er was iets vreemds aan de hand met zijn ogen, neusgaten, mond. Tranen, snot en speeksel dropen uit de openingen in zijn gezicht. Zonder dat er kogels op hem waren afgevuurd, had hij daar vijf gaten zitten. Gaten voor ademhalen, kijken en eten. Iedereen keek naar hem, maar het enige wat hij zag was een waas. Hij zag mensen op een kluitje staan die ook maar uit gaten bestonden, net als hij. Hoe kon hij zichzelf beschermen tegen de meute die hem met de vinger aanwees? Hij zou de politie de waarheid vertellen. Toen hij de ebbenhouten Perzische revolver miste, dacht hij dat het geschifte meisje die had gestolen om hem te straffen voor het jagen op dieren. De telefoon rinkelde en hield toen op met rinkelen en daarna hoorde hij Laura in snikken uitbarsten. Zijn spieren deden pijn van het slepen van het lichaam uit het water. Het was zo zwaar. Zo zwaar als een beer.

Nina Jacobs

Londen, 2011

Als ik mijn twintigste-eeuwse droom over mijn vader droom, word ik wakker en vergeet direct mijn wachtwoorden voor EasyJet en Amazon. Het is alsof ze vanuit mijn hoofd in het zijne zijn geglipt en hij ergens met mij in de eenentwintigste eeuw in een bus zit waarmee we over de London Bridge rijden en naar de natgeregende toren van het Tate Modern kijken. Mijn gesprekken met hem horen niet thuis in deze eeuw, maar toch wil ik van hem weten waarom hij me nooit iets over zijn kinderjaren heeft verteld. Hij antwoordt dat hij hoopt dat mijn kindertijd niet al te erg was en vraagt of ik me de jonge katjes nog kan herinneren.

De katjes die we vroeger thuis hadden (Agnieska en Alicja) roken een beetje naar wilde katten, en als kind pikte ik altijd mijn vaders haarborstel om ze te kammen. Dan lagen ze spinnend bij mij op schoot, hun zachte pootjes vergenoegd om mijn vingers geklemd, terwijl ik hun vachtjes borstelde. Rondom hun achterste zaten de haartjes vastgeklit omdat ze nog te jong waren om zichzelf schoon te likken. De losgeborstelde donshaartjes liet ik in dotjes op de bank liggen. Soms haalde mijn vader er een geintje mee uit en deed alsof hij er een had doorgeslikt. Dan sperde hij zijn mond wijd open, kokhalsde alsof het haarballetje vastzat in zijn keel en hij het wilde uitbraken. Mijn vader was zijn hele leven bezig met dingen als waarom mensen een kikker in hun keel hadden, vlinders in hun buik, een molensteen om hun nek, een angel in hun vlees, een voet die sliep. Als ze haarballen hadden uitgespuwd, had hij dat ook onderzocht.

Nietes, zegt hij. Ik had de haarballen niet uitgeplozen.

We vinden allebei dat we het best konden rooien samen. Hij stopte mijn vestjes en ondergoed en T-shirts in de wasmachine, naaide mijn knopen aan, speurde naar vermiste sokken en leerde me niet bang te zijn voor mensen die in het openbaar vervoer in zichzelf mompelden.

Je doet het nu zelf, zegt mijn vader. Zie je wel?

Nietwaar, dat doe ik helemaal niet, werp ik tegen. Ik zeg niet hardop wat ik denk. Ik ben niet gek. In deze bus hoort niemand dat ik met jou in gesprek ben.

Het maakt ook niet uit, zegt hij, want iedereen praat in zijn mobiele telefoon.

De handdoek die hij voor me in een boetiekje in Nice heeft gekocht, heb ik nog altijd. Hij is hemelsblauw met de woorden CÔTE D'AZUR en NICE BAIE DES ANGES in zonnige gele letters. Op de weg met palmbomen zijn de toeristen weergegeven als kleine zwarte stipjes. Rechts staat Hotel Negresco waar de Franse driekleur aan de gevel wappert. Ik mis de afbeelding van Kitty Finch met haar koperrode krullen tot op haar billen, die wacht tot mijn vader haar gedicht zal lezen. Als die rode kleur wijst op gevaar, signaleerde ze misschien dat mijn vader in gevaar verkeerde, maar zodra ik aan haar of aan de stenen denk die we samen hebben gezocht,

koester ik het verlangen om door die gaten van de aard-
bol af te vallen. Dus vervang ik haar beeld door dat van
mijn vader die door Frankrijks vijfde grote stad loopt,
langs monumenten en standbeelden, op weg naar een
winkel om honing voor mijn moeder te kopen. Het is
1994 maar mijn vader (die een ijshoorntje in zijn hand
heeft in plaats van een mobiele telefoon) praat in zichzelf en dat gesprek is vast serieus en droevig en heeft
iets met zijn verleden te maken. Het is me nooit gelukt
een duidelijke lijn tussen het verleden en het heden te
trekken, maar zoals een stad het verleden markeert met
bronzen standbeelden, die mensen in een waardige
houding vereeuwigen, probeer ik het verleden te laten
zwijgen en me enige rust te gunnen, omdat het zich
elke dag mompelend aan mijn zijde voortbeweegt.

De volgende keer dat ik in een bus door Londen rijd
en regen op de toren van het Tate Modern valt, zal ik
mijn vader vertellen dat ik de biografieën van bekende
mensen lees en dat ze me alleen interesseren als ze aan
hun familie weten te ontsnappen en de rest van hun
leven bezig zijn met ze in het reine te komen. Daarom
geef ik mijn dochter elke avond een kus voor het sla-
pengaan en wens ik haar mooie dromen, hoewel ze heel
goed weet dat ouders geen vat hebben op wat hun kinderen dromen. Kinderen weten dat ze zich het leven uit
en er weer in terug moeten dromen, omdat het leven
ons altijd moet terugwinnen. Maar toch blijf ik het tegen haar zeggen.

Elke avond zeg ik het, vooral als het regent.

Nawoord

In de maalstroom: handel, politiek, huwelijk, huis en haard

Iedere aspirant-auteur die begin jaren negentig het Engelse literaire landschap afsnuffelde, kon niet om Deborah Levy heen. Al wie haar werk las, had na twee bladzijden door dat ze én kon schrijven als de beste, én thuis was in de wereld van visuele en conceptuele kunst, filosofie, theater en literatuur. Ze kende haar Lacan en Deleuze, Barthes, Marguerite Duras, Gertrude Stein, Ballard, en niet te vergeten Kafka en Robbe-Grillet, en hun werk wist ze op innovatieve wijze te implementeren. Net als Pina Bausch, met haar verheffende en sterk emotievolle choreografieën, leek Levy zich in haar fictie niet zozeer voor het verhaal maar des te meer voor de *interzone* (een term van Burroughs) te interesseren, waar verlangen, speculatie, fantasie en symbolen circuleren. Zelfs de meest alledaagse voorwerpen kregen een ongrijpbare, intense dimensie, waardoor ze meer op een ontwerp van Duchamp leken of iets uit een droom van Freud.

Een betere start voor *So And Other Stories* in het jaar van uitgave was niet denkbaar. Mochten het decor en de plot van *Terug naar huis* op bijna ironische wijze ontleend zijn aan de novelle over het bezadigde Britse middenklassegezin op vakantie – daarmee houdt elke vergelijking op. Het ware drama van het boek zit in dat blauwe suikermuisje dat vanaf een stalletje langs de weg iemands nachtmerrie in glipt; of in de steen met een gat in het midden die eerst als voyeuristische (of bijziende) telescoop dienstdoet, dan als dood gewicht en ten slotte gewoon een gat wordt. Wat deze caleido-scopische vertelling bijeenhoudt, al verscheurt het de personages, is – in klassieke freudiaanse zin – het ver-langen: het verlangen en de onafwendbare keerzijde, de dodelijke rit. Het komt in de gedaante van een naakte, bijna primordiale Kitty Finch, dobberend in het water waar het ten slotte eindigt; zij is de deels gedoemde en door de vaderfiguur geobsedeerde Sylvia Plath, de deels van een zenuwinstorting bekomen Edie Sedgewick uit *Ciao! Manhattan*: grillig, balancerend op het randje bij het zwembad. Zich in haar richting bewegend, en de werveling of de maalstroom waarnaast zij zetelt als een meermin, zijn de werelden van handel, politiek, huwe-lijk, huis en haard, en van de literatuur zelf, verbeeld door twee handelaren in exotische voorwerpen, een oorlogscorrespondente en een gevierde dichter, allen tot elkaar veroordeeld in een ongemakkelijk verbond. Aan de andere zijde van het spectrum zien we het tie-nermeisje dat zich ontpopt tot de ware protagonist van de novelle, erfgename van historische trauma's.

Tom McCarthy
Juni 2011